Ein Vogel wollte Hochzeit machen

Ein Vogel wollte Hochzeit machen

Geschichten und Gedichte
von den Königen der Lüfte

Ausgewählt
von Jan Strümpel

Anaconda

MIX
Papier aus verantwortungsvollen Quellen
FSC® C083411

Penguin Random House Verlagsgruppe FSC® N001967

Die Deutsche Nationalbibliothek verzeichnet diese Publikation in der Deutschen Nationalbibliografie; detaillierte bibliografische Daten sind im Internet unter http://dnb.d-nb.de abrufbar.

Umschlagmotiv: shutterstock / Anastasiya Zaplatina
Umschlaggestaltung: www.katjaholst.de
Satz und Layout: Achim Münster, Overath
Druck und Bindung: GGP Media GmbH, Pößneck
ISBN 978-3-7306-1005-3
www.anacondaverlag.de

Ach! zu des Geistes Flügeln wird so leicht
Kein körperlicher Flügel sich gesellen.
Doch ist es jedem eingeboren
Dass sein Gefühl hinauf und vorwärts dringt,
Wenn über uns, im blauen Raum verloren,
Ihr schmetternd Lied die Lerche singt;
Wenn über schroffen Fichtenhöhen
Der Adler ausgebreitet schwebt,
Und über Flächen, über Seen
Der Kranich nach der Heimat strebt.

Johann Wolfgang Goethe: Faust I

Hans Jakob Christoffel von Grimmelshausen

Komm Trost der Nacht, o Nachtigall!

Komm Trost der Nacht, o Nachtigall,
Lass deine Stimm mit Freudenschall
Aufs Lieblichste erklingen.
Komm, komm, und lob den Schöpfer dein,
Weil andre Vöglein schlafen sein
Und nicht mehr mögen singen:
  Lass dein Stimmlein
    Laut erschallen, dann vor allen
      Kannst du loben
Gott im Himmel hoch dort oben.

Ob schon ist hin der Sonnenschein
Und wir im Finstern müssen sein,
So können wir doch singen
Von Gottes Güt und seiner Macht,
Weil uns kann hindern keine Nacht,
Sein Lob zu vollenbringen.
  Drum dein Stimmlein
    Lass erschallen, dann vor allen
      Kannst du loben
Gott im Himmel hoch dort oben.

Echo, der wilde Widerhall,
Will sein bei diesem Freudenschall
Und lässet sich auch hören;
Verweist uns alle Müdigkeit,
Der wir ergeben allezeit,
Lehrt uns den Schlaf betören.
  Drum dein Stimmlein
    Lass erschallen usw.

Die Sterne, so am Himmel stehn,
Lassen sich zum Lob Gottes sehn
Und tun ihm Ehr beweisen.
Auch die Eul, die nicht singen kann,
Zeigt doch mit ihrem Heulen an,
Dass sie Gott auch tu preisen.
  Drum dein Stimmlein
    Lass erschallen usw.

Nur her mein liebstes Vögelein,
Wir wollen nicht die Fäulsten sein,
Und schlafend liegen bleiben,
Sondern bis dass die Morgenröt
Erfreuet diese Wälder öd,
Im Lob Gottes vertreiben.

Lass dein Stimmlein
Laut erschallen, dann vor allen
Kannst du loben
Gott im Himmel hoch dort oben.

Barthold Heinrich Brockes

Die Nachtigall und derselben Wettstreit gegeneinander

Im Frühling rührte mir das Innerste der Seelen
Der Büsche Königin, die holde Nachtigall,
Die aus so enger Brust und mit so kleiner Kehlen
Die größten Wälder füllt durch ihren Wunderschall.
Derselben Fertigkeit, die Kunst, der Fleiß, die Stärke,
Veränderung und Ton sind lauter Wunderwerke
Der wirkenden Natur, die solchen starken Klang
In ein paar Federchen, die kaum zu sehen, senket
Und einen das Gehör bezaubernden Gesang
In solche dünne Haut und zarten Schnabel schränket.
Ihr Hälschen ist am Ton so unerschöpflich reich,
Dass sie tief, hoch, gelind' und stark auf einmal singet.
Die kleine Gurgel lockt, schnarrt, zischt und pfeift
zugleich,
Dass sie wie Quellen rauscht, wie helle Glocken klinget.
Sie zwitschert, stimmt und schlägt mit solcher Anmut an,
Mit solchem nach der Kunst gekräuselten Geschwirre,
Dass man darob erstaunt und nicht begreifen kann,
Ob sie nicht seufzend lach', ob sie nicht lachend girre.

Ihr Stimmchen ziehet sich in einer hohlen Länge
Von unten in die Höh, fällt, steigt aufs Neu empor
Und schwebt nach Maß und Zeit; bald dränget eine
Menge
Verschied'ner Tön' aus ihr als wie ein Strom hervor,
Zuweilen seufzet sie und winselt, dass man meinet,

Sie werde sterben; aber bald
Erhebet sie mit feuriger Gewalt
Den reinen Ton aufs Neu. Dann eben scheinet,
Es woll' ihr lieblich-scharfes Singen
Als wie ein Pfeil uns in die Seele dringen.

Zwitschern, seufzen, lachen, singen,
Girren, stöhnen, gurgeln, klingen,
Locken, schmeicheln, pfeifen, zucken,
Flöten, schlagen, zischen, glucken
Ist der holden Nachtigall
Wunderbar gemischter Schall.

Es scheint sogar der Nam' allein
Ein Inbegriff der Frühlingslust zu sein.
Wenn etwa jemand spricht: es sang die Nachtigall,
Kann fast des bloßen Wortes Schall

So viel zu wirken taugen,
Dass in der meisten Hörer Augen
Sich ein geheim Vergnügen zeiget.

Sie dreht und dehnt den Schall, zerreißt und fügt ihn wieder,
Singt sanft, singt ungestüm, bald grob, bald klar und hell.
Kein Pfeil verfliegt so rasch, kein Blitz verstreicht so schnell,
Die Winde können nicht so streng im Stürmen wehen,
Als ihre schmeichelnden verwunderlichen Lieder
Mit wirbelndem Geräusch sich ändern, sich verdrehen.
Ein rollend Glucken quillt aus ihrer hohlen Brust,
Ein murmelnd Flöten labt der stillen Hörer Herzen.
Doch dies verdoppelt noch und mehrt die frohe Lust,
Wenn etwa ihrer zwo zugleich zusammen scherzen.
Die singt, wann jene ruft; wann diese lockt, singt jene,
Mit solch anmutigem, bezauberndem Getöne,
Dass diese wiederum aus Missgunst, als ergrimmt,
In einem andern Ton die schlanke Zunge stimmt.
Die andre horcht indes und lauscht voll Unvergnügen,
Ja fängt zu ihres Feinds und Gegensängers Hohn,
Um durch noch künstlichern Gesang ihn zu besiegen,
Von Neuem wieder an, in solchem scharfen Ton,

Mit solchem feurigen, empfindlich-hellen Klang,
Mit so gewaltigem, oft wiederholtem Schlagen,
Dass so durchdringenden und heftigen Gesang
Das menschliche Gehör kaum mächtig zu ertragen.

Wer nun so süßen Ton im frohen Frühling hört
Und nicht des Schöpfers Macht voll Brunst und Andacht
ehrt,
Der Luft Beschaffenheit, das Wunder uns're Ohren
Bewundernd nicht bedenkt, ist nur umsonst geboren
Und folglich nicht der Luft, nicht seiner Ohren wert.

Ewald Christian von Kleist

Der gelähmte Kranich

Eine Fabel

Der Herbst entlaubte schon den bunten Hain
Und streut' aus kalter Luft Reif auf die Flur,
Als am Gestad ein Heer von Kranichen
Zusammenkam, um in ein wirtbar Land
Jenseit des Meers zu ziehn. Ein Kranich, den
Des Jägers Pfeil am Fuß getroffen, saß
Allein, betrübt und stumm, und mehrte nicht
Das wilde Lustgeschrei der Schwärmenden
Und war der laute Spott der frohen Schar.

Ich bin durch meine Schuld nicht lahm, dacht' er
In sich gekehrt, ich half so viel als ihr
Zum Wohl von unserm Staat. Mich trifft mit Recht
Spott und Verachtung nicht. Nur ach! wie wird's
Mir auf der Reis' ergehn! Mir, dem der Schmerz
Mut und Vermögen raubt zum weiten Flug!
Ich Unglückseliger, das Wasser wird
Bald mein gewisses Grab! – Warum erschoss
Der Grausame mich nicht! – Indessen weht

Gewogner Wind vom Land ins Meer. Die Schar
Beginnt geordnet jetzt die Reis' und eilt
Mit schnellen Flügeln fort und schreit vor Lust.
Der Kranke nur blieb weit zurück und ruht
Auf Lotosblättern oft, womit die See
Bestreuet war, und seufzt vor Gram und Schmerz. –

Nach vielem Ruhn sah er das bessre Land,
Den güt'gern Himmel, der ihn plötzlich heilt.
Die Vorsicht leitet ihn beglückt dahin,
Und vielen Spöttern ward die Flut zum Grab.

Ihr, die die schwere Hand des Unglücks drückt,
Ihr Redlichen, die ihr mit Harm erfüllt,
Das Leben oft verwünscht, verzaget nicht
Und wagt die Reise durch das Leben nur!
Jenseit dem Ufer gibt's ein besser Land,
Gefilde voller Lust erwarten euch!

Äsop

Zwei Fabeln

Die Krähe und die Vögel

Jupiter wollte den Vögeln einen König geben und setzte einen Tag fest, an welchem sie zusammenkommen sollten. Die Krähe sammelte im Bewusstsein ihrer Hässlichkeit die Federn, welche den andern Vögeln ausgefallen waren, und bekleidete sich mit denselben. Als nun der bestimmte Tag kam, ging sie in ihrem bunten Schmuck in die Versammlung. Doch da sie Jupiter wegen ihrer Schönheit zum König erwählen wollte, rissen ihr die erzürnten Vögel die Federn aus, indem ein jeder diejenigen herauszupfte, welche ihm zugehörten. So war die Krähe bald wieder nichts anderes, als was sie ursprünglich gewesen war, nämlich eine hässliche Krähe.

Auch jene Menschen, die sich durch fremde Macht erhoben haben und sich nun ihres Reichtums brüsten, gewähren, wenn jeder zurückfordert, was ihm gebührt, einen kläglichen Anblick und sind dann nichts mehr, als was sie früher waren.

Die beiden Hähne

Von zwei Hähnen, welche um Hennen miteinander kämpften, behielt der eine die Oberhand über den andern. Der Überwundene zog sich zurück und verbarg sich an einem dunklen Ort; der Sieger aber flog aufwärts, stellte sich auf eine hohe Wand und krähte mit lauter Stimme. Da schoss jählings ein Adler herab und nahm ihn mit sich fort. Nunmehr kam der Versteckte ungehindert wieder aus seinem Verschlupf hervor und gesellte sich zu den Hennen.

Gotthold Ephraim Lessing

Vier Fabeln

Der Phönix

Nach vielen Jahrhunderten gefiel es dem Phönix, sich wieder einmal sehen zu lassen. Er erschien, und alle Tiere und Vögel versammelten sich um ihn. Sie gafften, sie staunten, sie bewunderten und brachen in entzückendes Lob aus.

Bald aber verwandten die besten und geselligsten mitleidsvoll ihre Blicke und seufzten: Der unglückliche Phönix! Ihm ward das harte Los, weder Geliebte noch Freund zu haben; denn er ist der einzige seiner Art!

Die Gans

Die Federn einer Gans beschämten den neugeborenen Schnee. Stolz auf dieses blendende Geschenk der Natur, glaubte sie eher zu einem Schwane als zu dem was sie war geboren zu sein. Sie sonderte sich von ihresgleichen ab und schwamm einsam und majestätisch auf dem Teiche herum. Bald dehnte sie ihren Hals, dessen verräterischer Kürze sie mit aller Macht abhelfen wollte. Bald suchte sie ihm die prächtige Biegung zu geben, in welcher der Schwan das würdigste Ansehen eines Vogels des Apollo hat. Doch vergebens; er war zu steif, und mit aller ihrer Bemühung brachte sie es nicht weiter, als dass sie eine lächerliche Gans ward, ohne ein Schwan zu werden.

Die junge Schwalbe

Was macht ihr da?, fragte eine Schwalbe die geschäftigen Ameisen. Wir sammeln Vorrat auf den Winter, war die geschwinde Antwort.

Das ist klug, sagte die Schwalbe; das will ich auch tun. Und sogleich fing sie an, eine Menge toter Spinnen und Fliegen in ihr Nest zu tragen.

Aber wozu soll das?, fragte endlich ihre Mutter. Wozu? Vorrat auf den bösen Winter, liebe Mutter; sammle doch auch! Die Ameisen haben mich diese Vorsicht gelehrt.

O lass den irdischen Ameisen diese kleine Klugheit, versetzte die Alte; was sich für sie schickt, schickt sich nicht für bessere Schwalben. Uns hat die gütige Natur ein holderes Schicksal bestimmt. Wenn der reiche Sommer sich endet, ziehen wir von hinnen; auf dieser Reise entschlafen wir allgemach, und da empfangen uns warme Sümpfe, wo wir ohne Bedürfnisse rasten, bis uns ein neuer Frühling zu einem neuen Leben erwecket.

Der Pfau und der Hahn

Einst sprach der Pfau zu der Henne: Sieh einmal, wie hochmütig und trotzig dein Hahn einher tritt! Und doch sagen die Menschen nicht: der stolze Hahn; sondern nur immer: der stolze Pfau.

Das macht, sagte die Henne, weil der Mensch einen gegründeten Stolz übersieht. Der Hahn ist auf seine Wachsamkeit, auf seine Mannheit stolz; aber worauf du? – Auf Farben und Federn.

Johann Wilhelm Ludwig Gleim

Der Schwan und die Ente

Ein edler Schwan, so weiß wie Schnee,
Bereiste seinen Strom, die Spree,
Mit ausgespannetem Gefieder.
Ein' Ente schwamm ihm nach: Gevatter! Vetter
Schwan!,
Fing sie sogleich zu schnattern an:
Singt ihr denn keine Lieder?
Ihr schweigt? Ich weiß in Wahrheit nicht, warum?
Seid ihr denn etwa stumm?

Frau Ent', antwortete der Schwan,
Weil wie die Nachtigall ich doch nicht singen kann,
So schweig' ich lieber
Und wundre mich darüber,
Dass ihr, mit eurem Schnatterton,
Nicht schweigt! Bekommt ihr Lohn?
Ihr singt, ich weiß in Wahrheit nicht warum?
Seid ihr denn etwa dumm?

Was!, sprach die Ente, dumm wär' ich?
Bekümmre dich um dich!
Der Schwan sprach nicht ein Wort,
Und setzte seine Reise fort!

Johann Wilhelm Ludwig Gleim

Die Elster und der Uhu

Die Elster saß auf einem hohen Baum,
Der manchem Wandrer Schatten gab,
Und plauderte herab:

Die Lerche singt ja kaum
Ihr Tireli des Tages sieben Mal.
Hingegen singt die Nachtigall
So Tag als Nacht, und weiß
Nicht aufzuhören, ihren Fleiß
Bewundert man, allein
Er sollte dauerhafter sein;
Er währt im ganzen Jahr ja nur so wenig Wochen!
Hingegen ich, jahraus, jahrein,
Sing ich mein schönes Lied! So faul kann ich nicht sein!

Kaum hatte sie's gesprochen,
Da murmelt's! und da rief ein spöttischer Uhu,
Der in des Baumes Bauche saß,
(Ein Philosoph, der alle Welt vergaß),
Von unten auf ihr zu:
O hieltest du den Mund, du Plaudermaul!

Ach, hielt die Elster doch das Maul!
Ach, wäre sie doch faul!

Christian Fürchtegott Gellert

Der Kuckuck

Der Kuckuck sprach mit einem Star,
der aus der Stadt entflohen war.
»Was spricht man«, fing er an zu schreien,
»was spricht man in der Stadt von unsern Melodein?
Was spricht man von der Nachtigall?«
»Die ganze Stadt lobt ihre Lieder.« –
»Und von der Lerche?«, rief er wieder.
»Die halbe Stadt lobt ihrer Stimme Schall.«
»Und von der Amsel?«, fuhr er fort.
»Auch diese lobt man hier und dort.« –
»Ich muss dich doch noch etwas fragen:
Was«, rief er, »spricht man denn von mir?«
»Das«, sprach der Star, »das weiß ich nicht zu sagen;
denn keine Seele red't von dir.« –
»So will ich«, fuhr er fort, »mich an dem Undank
rächen
und ewig von mir selber sprechen.«

Johann Wolfgang Goethe

Es fing ein Knab' ein Vögelein

Es fing ein Knab' ein Vögelein,
Hm! Hm!
Da lacht' er in den Käfig 'nein
Hm! Hm!
So! So!
Hm! Hm!

Der freut' sich traun so läppisch
Hm! Hm!
Und griff hinein so täppisch,
Hm! Hm!
So! So!
Hm! Hm!

Da flog das Meislein auf ein Haus
Hm! Hm!
Und lacht den dummen Buben aus,
Hm! Hm!
So! So!
Hm! Hm!

Johann Wolfgang Goethe

Ländlich

Die Nachtigall, sie war entfernt,
Der Frühling lockt sie wieder;
Was Neues hat sie nicht gelernt,
Singt alte liebe Lieder.

Annette von Droste-Hülshoff

Der kranke Aar

Am dürren Baum, im fetten Wiesengras
Ein Stier behaglich wiederkäut' den Fraß;
Auf niederm Ast ein wunder Adler saß,
Ein kranker Aar mit gebrochnen Schwingen.

»Steig auf, mein Vogel, in die blaue Luft,
Ich schau dir nach aus meinem Kräuterduft.« –
»Weh, weh, umsonst die Sonne ruft
Den kranken Aar mit gebrochnen Schwingen!« –

»O Vogel warst so stolz und freventlich
Und wolltest keine Fessel ewiglich!« –
»Weh, weh, zu viele über mich,
Und Adler all – brachen mir die Schwingen!«

»So flattre in dein Nest, vom Aste fort,
Dein Ächzen schier die Kräuter mir verdorrt.«
»Weh, weh, kein Nest hab' ich hinfort,
Verbannter Aar mit gebrochnen Schwingen!«

»O Vogel, wärst du eine Henne doch,
Dein Nestchen hättest du im Ofenloch.«
»Weh, weh, viel lieber ein Adler noch,
Viel lieber ein Aar mit gebrochnen Schwingen!«

Joseph von Eichendorff

Der Vögel Abschied

Ade, ihr Felsenhallen,
Du schönes Waldrevier,
Die falben Blätter fallen,
Wir ziehen weit von hier.

Träumt fort im stillen Grunde!
Die Berg stehn auf der Wacht,
Die Sterne machen Runde
Die lange Winternacht.

Und ob sie all verglommen,
Die Täler und die Höhn –
Lenz muss doch wiederkommen
Und alles auferstehn!

Joseph von Eichendorff

Die Sperlinge

Altes Haus mit deinen Löchern,
Geizger Bauer, nun ade!
Sonne scheint, von allen Dächern
Tröpfelt lustig schon der Schnee,
Draußen auf dem Zaune munter
Wetzen unsre Schnäbel wir,
Durch die Hecken rauf und runter,
In dem Baume vor der Tür
Tummeln wir in hellen Haufen
Uns mit großem Kriegsgeschrei,
Um die Liebste uns zu raufen,
Denn der Winter ist vorbei!

Matthias Claudius

Kuckuck

Wir Vögel singen nicht egal;
Der singet laut, der andre leise,
Kauz nicht wie ich, ich nicht wie Nachtigall,
Ein jeder hat so seine Weise.

Justinus Kerner

Sängerneid

Sänger frönen gern dem Neide!
Lauschet nur dem Vögelchor!
Will die Lerche singen vor,
Pfeift der Fink ihr drein zum Leide.

Und im Walde – welch Gemische!
Klinget oft wie Schimpf und Streit,
Nachtigall nur schweigt im Leid,
Bis sie schlafen im Gebüsche.

Dann ihr Lied vom schönsten Schalle
Singet sie in später Nacht,
Wo kein andrer Vogel wacht,
Hörten sie's – sie schimpften alle.

Adelbert von Chamisso

Der Glücksvogel

Es fliegt ein Vogel in dem Hain
Und singt und lockt: man soll' ihn fangen.
Es fliegt ein Vogel in dem Hain,
Aus dem Hain in den Wald, in die Welt hinein,
In die Welt und über die See.
    Und könnte wer den Vogel fangen,
    Der würde frei von aller Pein,
    Von aller Pein und Weh'.

Es fliegt der Vogel in dem Hain,
»O könnt' ich mir den Vogel fangen!
Es fliegt der Vogel in dem Hain,
Aus dem Hain in den Wald, in die Welt hinein,
In die Welt und über die See.
    O könnt' ich mir den Vogel fangen,
    So würd' ich frei von aller Pein,
    Von aller Pein und Weh'!«

Der Knabe lief wohl in den Hain;
Ich will den schönen Vogel fangen.
Der Vogel flog wohl aus dem Hain,
Aus dem Hain in den Wald, in die Welt hinein,
In die Welt und über die See.
    Und hat der Knab' ihn erst gefangen,
    So wird er frei von aller Pein,
    Von aller Pein und Weh'!

Jacob und Wilhelm Grimm

Der Hund und der Sperling

Ein Schäferhund hatte keinen guten Herrn, sondern einen, der ihn Hunger leiden ließ. Wie er's nicht länger bei ihm aushalten konnte, ging er ganz traurig fort. Auf der Straße begegnete ihm ein Sperling, der sprach: »Bruder Hund, warum bist du so traurig?« Antwortete der Hund: »Ich bin hungrig und habe nichts zu fressen.« Da sprach der Sperling: »Lieber Bruder, komm mit in die Stadt, so will ich dich satt machen.« Also gingen sie zusammen in die Stadt, und als sie vor einen Fleischerladen kamen, sprach der Sperling zum Hund: »Da bleib stehen, ich will dir ein Stück Fleisch herunterpicken«, setzte sich auf den Laden, schaute sich um, ob ihn auch niemand bemerkte, und pickte, zog und zerrte so lange an einem Stück, das am Rand lag, bis es herunterrutschte. Da packte es der Hund, lief in eine Ecke und fraß es auf. Sprach der Sperling: »Nun komm mit zu einem anderen Laden, da will ich dir noch ein Stück herunterholen, damit du satt wirst.« Als der Hund auch das zweite Stück gefressen hatte, fragte der Sperling: »Bruder Hund, bist du nun satt?« – »Ja, Fleisch bin ich satt«, antwortete er, »aber ich habe noch kein Brot gekriegt.« Sprach der Sperling: »Das sollst du auch haben, komm nur mit.« Da führte er ihn an einen Bäckerladen und pickte an ein paar Brötchen, bis sie herunterrollten, und als der Hund noch mehr wollte, führte er ihn zu einem andern und holte ihm noch einmal Brot herab. Wie das verzehrt war, sprach der Sperling: »Bruder Hund, bist du nun satt?« – »Ja«, antwortete er, »nun wollen wir ein bisschen vor die Stadt gehen.«

Da gingen sie beide hinaus auf die Landstraße. Es war aber warmes Wetter, und als sie ein Eckchen gegangen waren, sprach der Hund: »Ich bin müde und möchte gerne schlafen.« – »Ja, schlaf nur«, antwortete der Sperling, »ich will mich derweil auf einen Zweig setzen.« Der Hund legte sich also auf die Straße und schlief fest ein. Während er dalag und schlief, kam ein Fuhrmann herangefahren, der hatte einen Wagen mit drei Pferden und hatte zwei Fässer Wein geladen. Der Sperling aber sah, dass er nicht ausbiegen wollte, sondern in der Fahrgleise blieb, in welcher der Hund lag, da rief er: »Fuhrmann, tu's nicht, oder ich mache dich arm.« Der Fuhrmann aber brummte vor sich: »Du wirst mich nicht arm machen«, knallte mit der Peitsche und trieb den Wagen über den Hund, dass ihn die Räder totfuhren. Da rief der Sperling: »Du hast mir meinen Bruder Hund totgefahren, das soll dich Karre und Gaul kosten.« – »Ja, Karre und Gaul«, sagte der Fuhrmann, »was könntest du mir schaden!«, und fuhr weiter. Da kroch der Sperling unter das Wagentuch und pickte an dem einen Spundloch so lange, bis er den Spund losbrachte: da lief der ganze Wein heraus, ohne dass es der Fuhrmann merkte. Und als er einmal hinter sich blickte, sah er, dass der Wagen tröpfelte, untersuchte die Fässer und fand, dass eins leer war. »Ach, ich armer Mann!«, rief er. »Noch nicht arm genug«, sprach der Sperling und flog dem einen Pferd auf den Kopf und pickte ihm die Augen aus. Als der Fuhrmann das sah, zog er seine Hacke heraus und wollte den Sperling treffen, aber der Sperling flog in die Höhe, und der Fuhrmann traf seinen Gaul auf den Kopf, dass er tot hinfiel. »Ach, ich armer Mann!«, rief er. »Noch nicht arm genug«, sprach der Sperling, und als der Fuhrmann mit den zwei Pferden weiterfuhr, kroch der Sperling wieder unter das Tuch und pickte den Spund auch am zweiten Fass los, dass aller Wein herausschwankte. Als es der Fuhrmann gewahr wurde, rief er wieder: »Ach, ich armer Mann!«, aber der Sperling antwortete »noch nicht arm genug«, setzte sich dem zweiten Pferd auf den Kopf und pickte ihm die Augen aus. Der Fuhrmann lief herbei und holte mit seiner Hacke aus, aber der Sperling flog in die Höhe: Da traf der Schlag das Pferd, dass es hinfiel. »Ach, ich armer Mann!« – »Noch nicht arm genug«, sprach der Sperling, setzte sich auch dem dritten Pferd auf den Kopf und pickte ihm nach den Augen. Der Fuhrmann schlug in seinem Zorn, ohne umzusehen, auf den Sperling los, traf ihn aber nicht, sondern schlug auch sein drittes Pferd tot. »Ach, ich armer Mann!«, rief er. »Noch nicht arm genug«, antwortete der Sperling, »jetzt will ich dich daheim arm machen«, und flog fort.

Der Fuhrmann musste den Wagen stehen lassen und ging voll Zorn und Ärger heim. »Ach«, sprach er zu seiner Frau, »was hab ich Unglück gehabt! Der Wein ist ausgelaufen, und die Pferde sind alle drei tot.« – »Ach, Mann«, antwortete sie, »was für ein böser Vogel ist ins Haus gekommen! Er hat alle Vögel auf der Welt zusammengebracht, und die sind droben über unsern Weizen hergefallen und fressen ihn auf.« Da stieg er hinauf, und tausend und tausend Vögel saßen auf dem Boden und hatten den Weizen aufgefressen, und der Sperling saß mitten darunter. Da rief der Fuhrmann: »Ach, ich armer Mann!« – »Noch nicht arm genug«, antwortete der Sperling, »Fuhrmann, es kostet dir noch dein Leben«, und flog hinaus.

Da hatte der Fuhrmann all sein Gut verloren, ging hinab in die Stube, setzte sich hinter den Ofen und war ganz bös und giftig. Der Sperling aber saß draußen vor dem Fenster und rief: »Fuhrmann, es kostet dir dein Leben.« Da griff der Fuhrmann die Hacke und warf sie nach dem Sperling, aber er schlug nur die Fensterscheiben entzwei und traf den Vogel nicht. Der Sperling hüpfte nun herein, setzte sich auf den Ofen und rief: »Fuhrmann, es kostet dir dein Leben.« Dieser, ganz toll und blind vor Wut, schlägt den Ofen entzwei und so fort, wie der Sperling von einem Ort zum andern fliegt, sein ganzes Hausgerät, Spieglein, Bänke, Tisch und zuletzt die Wände seines Hauses und kann ihn nicht treffen. Endlich aber erwischte er ihn doch mit der Hand. Da sprach seine Frau: »Soll ich ihn totschlagen?« – »Nein«, rief er, »das wäre zu gelind, der soll viel mörderlicher sterben, ich will ihn verschlingen«, und nimmt ihn und verschlingt ihn auf einmal. Der Sperling aber fängt an in seinem Leib zu flattern, flattert wieder herauf, dem Mann in den Mund: Da streckt er den Kopf heraus und ruft: »Fuhrmann, es kostet dir doch dein Leben.« Der Fuhrmann reicht seiner Frau die Hacke und spricht: »Frau, schlag mir den Vogel im Mund tot.« Die Frau schlägt zu, schlägt aber fehl und schlägt dem Fuhrmann gerade auf den Kopf, sodass er tot hinfällt. Der Sperling aber fliegt auf und davon.

Jacob und Wilhelm Grimm

Der Zaunkönig

In den alten Zeiten da hatte jeder Klang noch Sinn und Bedeutung. Wenn der Hammer des Schmieds ertönte, so rief er: »Smiet mi to! Smiet mi to!« Wenn der Hobel des Tischlers schnarrte, so sprach er: »Dor häst! Dor, dor häst!« Fing das Räderwerk der Mühle an zu klappern, so sprach es: »Help, Herr Gott! Help, Herr Gott!«, und war der Müller ein Betrüger und ließ die Mühle an, so sprach sie hochdeutsch und fragte erst langsam: »Wer ist da? Wer ist da?«, dann antwortete sie schnell: »Der Müller! Der Müller!«, und endlich ganz geschwind: »Stiehlt tapfer, stiehlt tapfer, vom Achtel drei Sechter.«

Zu dieser Zeit hatten auch die Vögel ihre eigene Sprache, die jedermann verstand, jetzt lautet es nur wie ein Zwitschern, Kreischen und Pfeifen und bei einigen wie Musik ohne Worte. Es kam aber den Vögeln in den Sinn, sie wollten nicht länger ohne Herrn sein und einen unter sich zu ihrem König wählen. Nur einer von ihnen, der Kiebitz, war dagegen. Frei hatte er gelebt und frei wollte er sterben, und angstvoll hin und her fliegend rief er: »Wo bliew ick? Wo bliew ick?« Er zog sich zurück in einsame und unbesuchte Sümpfe und zeigte sich nicht wieder unter seinesgleichen.

Die Vögel wollten sich nun über die Sache besprechen, und an einem schönen Maimorgen kamen sie alle aus Wäldern und Feldern zusammen, Adler und Buchfinke, Eule und Krähe, Lerche und Sperling, was soll ich sie alle nennen? Selbst der Kuckuck kam und der Wiedehopf, sein Küster, der so heißt, weil er sich immer ein paar Tage früher hören lässt; auch ein ganz kleiner Vogel, der noch keinen Namen hatte, mischte sich unter die Schar. Das Huhn, das zufällig von der ganzen Sache nichts gehört hatte, verwunderte sich über die große Versammlung. »Wat, wat, wat is den dar to don?«, gackerte es, aber der Hahn beruhigte seine liebe Henne und sagte: »Luter riek Lüd«, erzählte ihr auch, was sie vorhätten. Es ward aber beschlossen, dass der König sein sollte, der am höchsten fliegen könnte. Ein Laubfrosch, der im Gebüsche saß, rief, als er das hörte, warnend: »Natt, natt, natt! Natt, natt, natt!«, weil er meinte, es würden deshalb viel Tränen vergossen werden. Die Krähe aber sagte: »Quark ok!«, es sollte alles friedlich abgehen.

Es ward nun beschlossen, sie wollten gleich an diesem schönen Morgen aufsteigen, damit niemand hinterher sagen könnte, »ich wäre wohl noch höher geflogen, aber der Abend kam, da konnte ich nicht mehr«. Auf ein gegebenes Zeichen erhob sich also die ganze Schar in die Lüfte. Der Staub stieg da von dem Felde auf, es war ein gewaltiges Sausen und Brausen und Fittichschlagen, und es sah aus, als wenn eine schwarze Wolke dahinzöge. Die kleineren Vögel aber blieben bald zurück, konnten nicht weiter und fielen wieder auf die Erde. Die größeren hielten's länger aus, aber keiner konnte es dem Adler gleichtun, der stieg so hoch, dass er der Sonne hätte die Augen aushacken können. Und als er sah, dass die andern nicht zu ihm herauf konnten, so dachte er: »Was willst du noch höher fliegen, du bist doch der König«, und fing an, sich wieder herabzulassen. Die Vögel unter ihm riefen ihm alle gleich zu: »Du musst unser König sein, keiner ist höher geflogen als du.« – »Ausgenommen ich«, schrie der kleine Kerl ohne Namen, der sich in die Brustfedern des Adlers verkrochen hatte. Und da er nicht müde war, so stieg er auf und stieg so hoch, dass er Gott auf seinem Stuhl konnte sitzen sehen. Als er aber so weit gekommen war, legte er seine Flügel zusammen, sank herab und rief unten mit feiner, durchdringender Stimme: »König bün ick! König bün ick!«

»Du unser König?«, schrien die Vögel zornig, »durch Ränke und Listen hast du es dahin gebracht.« Sie machten eine andere Bedingung, der sollte ihr König sein, der am tiefsten in die Erde fallen könnte. Wie klatschte da die Gans mit ihrer breiten Brust wieder auf das Land! Wie scharrte der Hahn schnell ein Loch! Die Ente kam am schlimmsten weg, sie sprang in einen Graben, verrenkte sich aber die Beine und watschelte fort zum nahen Teiche mit dem Ausruf: »Pracherwerk! Pracherwerk!« Der Kleine ohne Namen aber suchte ein Mäuseloch, schlüpfte hinab und rief mit seiner feinen Stimme heraus: »König bün ick! König bün ick!«

»Du unser König?«, riefen die Vögel noch zorniger, »meinst du, deine Listen sollten gelten?« Sie beschlossen, ihn in seinem Loch gefangen zu halten und auszuhungern. Die Eule ward als Wache davorgestellt: Sie sollte den Schelm nicht herauslassen, so lieb ihr das Leben wäre. Als es aber Abend geworden war und die Vögel von der Anstrengung beim Fliegen große Müdigkeit empfanden, so gingen sie mit Weib und Kind zu Bett. Die Eule allein blieb bei dem Mäuseloch stehen und blickte mit ihren großen Augen unverwandt hinein. Indessen war sie auch müde geworden und dachte: »Ein Auge kannst du wohl zutun, du wachst ja noch mit dem andern, und der kleine Bösewicht soll nicht aus seinem Loch heraus.« Also tat sie das eine Auge zu und schaute mit dem andern steif auf das Mäuseloch. Der kleine Kerl guckte mit dem Kopf heraus und wollte wegwitschen, aber die Eule trat gleich davor, und er zog den Kopf wieder zurück. Dann tat die Eule das eine Auge wieder auf und das andere zu und wollte so die ganze Nacht abwechseln. Aber als sie das eine Auge wieder zumachte, vergaß sie das andere aufzutun, und sobald die beiden Augen zu waren, schlief sie ein. Der Kleine merkte das bald und schlüpfte weg.

Von der Zeit an darf sich die Eule nicht mehr am Tage sehen lassen, sonst sind die andern Vögel hinter ihr her und zerzausen ihr das Fell. Sie fliegt nur zur Nachtzeit aus, hasst aber und verfolgt die Mäuse, weil sie solch böse Löcher machen. Auch der kleine Vogel lässt sich nicht gerne sehen, weil er fürchtet, es ginge ihm an den Kragen, wenn er erwischt würde. Er schlüpft in den Zäunen herum, und wenn er ganz sicher ist, ruft er wohl zuweilen: »König bün ick!«, und deshalb nennen ihn die andern Vögel aus Spott *Zaunkönig.*

Niemand aber war froher als die Lerche, dass sie dem Zaunkönig nicht zu gehorchen brauchte. Wie sich die Sonne blicken lässt, steigt sie in die Lüfte und ruft: »Ach, wo is dat schön! Schön ist dat! Schön! Schön! Ach, wo is dat schön!«

Ludwig Bechstein

Vom Hühnchen und Hähnchen

Es war einmal ein Hühnchen und ein Hähnchen, die gingen miteinander auf den Nussberg und suchten sich Nüsschen. Das Hähnchen sprach zum Hühnchen: »Wenn du ein Nüsschen findest, iss es ja nicht allein, gib mir die Hälfte davon, sonst erwürgst du.« Aber das Hühnchen hatte ein Nüsschen gefunden und es allein gegessen, und der Kern war in seinem Hälschen steckengeblieben, dass es im Erwürgen war und ängstlich rief: »Hähnchen, Hähnchen, hol mir geschwind ein wenig Brunnen, ich erwürge sonst!« Da lief das Hähnchen flugs zum Brunnen und sprach: »Brunn, Brunn, gib mir Brunn, dass ich den Brunn meinem Hühnchen geb', es liegt oben auf dem Nussberg und will ersticken.« Und der Brunnen sprach: »Erst geh hin zur Braut und hole mir den Kranz!« Da lief das Hähnchen hin zur Braut und sprach: »Braut, Braut, gib mir den Kranz, dass ich den Kranz dem Brunnen geb', dass mir der Brunnen Brunnen gibt, dass ich den Brunnen meinem Hühnchen geb', es liegt oben auf dem Nussberge und will erwürgen.« Aber die Braut sprach: »Erst geh hin zum Schuster und hole mir meine Schuhe.« Und wie das Hähnchen zum Schuster kam, sprach dieser: »Erst geh hin zur Sau und hole mir Schmer.« Und die

Sau sprach: »Erst geh hin zur Kuh und hole mir Milch.« Und die Kuh sprach: »Erst geh hin zur Wiese und hole mir Gras!« – Wie nun das Hähnchen zur Wiese kam und sie um Gras bat, war diese gütig und gab ihm viele Blumen und Gras, dieses gab geschwinde das Hähnchen der Kuh und erhielt Milch dafür, und für die Milch tat auch das Schwein von seinem Fette her, und damit schmierte der Schuster sein Leder und machte flugs die Schuhe der Braut, und gegen die Schuhe tat freundlich die Braut den Kranz her, und das Hähnchen reichte denselben dem Brunnen, und dieser sprudelte sogleich sein klares Wasser heraus und in das Gefäßchen, welches das Hähnchen unterhielt. Im schnellen Lauf kehrte nun das Hähnchen zurück zum Nussberg; aber wie es zum Hühnchen kam, war dasselbe unterdessen erwürgt. Da kikirikite das Hähnchen vor Schmerz hell auf, das hörten alle Tiere in der Nachbarschaft, die liefen herbei und weinten um das Hühnchen. Und da bauten sechs Mäuselein einen Trauerwagen, darauf legten sie das tote Hühnchen und spannten sich davor und zogen den Wagen fort. Wie sie nun, das Hähnchen, das tote Hühnchen, die Mäuslein und der Trauerwagen, so auf dem Wege waren, da kam der Fuchs hinterdrein und fragte: »Wo willst du hin, Hähnchen?« – »Ich will mein Hühnchen begraben!« – »Das will ich tun, du Narr!«, rief der Fuchs, fraß das Hühnchen, weil es noch nicht lange tot war, und begrub's in seinem Magen. Da trauerte das Hähnchen und rief: »So wünsch' ich mir den Tod, um bei meinem Hühnchen zu sein.« – »So soll es sein!«, sprach der Fuchs und fraß das Hähnchen, dass es zu seinem Hühnchen kam. Da weinten die Mäuselein um das Hähnchen, und da dachte der Fuchs, sie wollten auch tot sein, und schlang sie hinunter. Weil aber die Mäuselein an den Wagen gespannt waren, so schlang er auch den Wagen mit hinunter, und da stieß ihm die Deichsel das Herz ab, dass er längelang hinfiel und alle Viere von sich streckte. Da flog ein Vöglein auf einen Lindenzweig und sang: »Fuchs ist mausetot! Fuchs ist mausetot!«

Hans Christian Andersen

Vogel Phönix

Im Garten des Paradieses, unter dem Baume der Erkenntnis, blühte ein Rosenstrauch. Hier in der ersten Rose wurde ein Vogel geboren; sein Flug war wie des Lichtes Strahlen, seine Farbe herrlich, bezaubernd sein Gesang!

Aber als *Eva* die Frucht der Erkenntnis brach, als sie und *Adam* aus dem Paradiese verjagt wurden, da fiel vom Flammenschwerte des strafenden Cherubs ein Funken in des Vogels Nest und zündete. Der Vogel kam in den Flammen um, aber aus dem roten Ei schwang sich ein neuer, der einzige, der immer einzige *Vogel Phönix* empor. Die Sage berichtet, dass er in Arabien nistet, wo er sich selbst alle hundert Jahre in seinem Neste den Flammentod gibt, doch steigt ein neuer Phönix, der einzige der Welt, aus dem roten Ei hervor.

Uns umflattert der Vogel, schnell wie das Licht, herrlich an Farbe, bezaubernd im Gesange. Wenn die Mutter an der Wiege ihres Kindes sitzt, ruht er am Kopfkissen und schlägt mit seinen Flügeln eine Glorie um des Kindes Haupt. Er durchfliegt die Kammer der Genügsamkeit, und es ist Sonnenglanz darin; auf dem ärmlichen Schranke duften die Veilchen.

Doch Vogel Phönix ist nicht allein Arabiens Vogel; er flattert im Nordlichtschimmer über Lapplands Eisfelder, er hüpft zwischen den gelben Blumen in Grönlands kurzem Sommer. Unter Faluns Kupferfelsen, in Englands Kohlengruben fliegt er, eine staubige Motte, über das Gesangbuch dahin, das in den Händen des frommen Arbeiters ruht. Auf dem Lotusblatte gleitet er an des Ganges heiligen Gewässern hinab, und das Auge des Hindumädchens leuchtet bei seinem Anblick.

Vogel Phönix! – kennst du ihn nicht? Des Paradieses Vogel, den heiligen Schwan des Gesanges! Auf der Thespiskarre saß er als ein plaudernder Rabe und schlug mit den schwarzen, mit Hefen bestrichenen Flügeln; über Islands tönende Harfe strich der rote Schnabel des Schwanes; auf Shakespeares Schulter saß er als Odins Rabe und flüsterte ihm ins Ohr: Unsterblichkeit! Er flatterte durch Wartburgs Rittersaal am Sängerfeste.

»Vogel Phönix!« – Kennst du ihn nicht? Er sang dir die Marseillaise, und du küsstest die Feder, die seinem Flügel entfiel; er kam in Paradieses Glanze, und du wandtest dich vielleicht ab, dem Sperlinge zu, der dasaß mit Goldschaum an den Flügeln.

Der Vogel des Paradieses! – Jedes Jahrhundert, verjüngt, geboren in Flammen, gestorben in Flammen. Dein Bild, in Gold gefasst, hängt in den Hallen der Reichen; selbst fliegst du oft irrend und einsam umher – eine Sage nur: »Vogel Phö-nix in Arabien.«

– Im Paradiese, als du geboren wurdest unter dem Baume der Erkenntnis in der ersten Rose, küsste dich der *Herr* und gab dir deinen rechten Namen: *Poesie!*

Clemens Brentano

Nachtigall, ich hör dich singen

Nachtigall, ich hör dich singen
's Herz im Leib möcht mir zerspringen,
Komme doch und sag mir bald,
Wie sich alles hier verhalt'.
Nachtigall, ich seh dich laufen,
An dem Bächlein tust du saufen,
Tunkst hinein dein Schnäbelein,
Meinst es sei der beste Wein!
Nachtigall, wohl ist gut wohnen
In der Linde grünen Kronen,
Bei dir, lieb Frau Nachtigall,
Küss dich Gott viel tausendmal!

Achim von Arnim

Wenn die Vögel aufwärts steigen

Wenn die Vögel aufwärts steigen,
Da verschwindet ihr Gesang.
Meint ihr, dass sie droben schweigen?
Wir nur hören nicht den Klang.
Unsre freudigen Gebete,
Sel'ge Blicke, Herzensbeben,
Was vom Himmel liebend wehte,
Wollen sie zum Himmel heben,
Von der Liebe singt ihr Chor
An dem goldnen Himmelstor.

Wenn die Vögel aufwärts steigen,
Da verschwindet ihr Gesang.
Meint ihr, dass sie droben schweigen?
Wir nur hören nicht den Klang.
Ihre Klagen, unsre Tränen
Um die früh entführte Blüte,
Aller Herzen stummes Sehnen
Nach der Schönheit, nach der Güte
Singt ihr leiser Trauerchor
An dem goldnen Himmelstor.

Achim von Arnim / Clemens Brentano

Zwei Gedichte aus »Des Knaben Wunderhorn«

Martinsgans

Nach Gras wir wollen gehn,
Die Vögel singen schön,
Der Gutzgauch frei,
Sein Melodei,
Hallt über Berg und Tal,
Die Mühle klappt zumal;
Der Müller auf der Obermühl,
Der hat der fetten Gänse viel,
Die Gans hat einen Kragen,
Die wolln wir mit uns tragen.

Der beste Vogel, den ich weiß,
Das ist die fette Gans,
Sie hat zwei breite Füße,
Dazu den langen Hals,
Und noch ihr Stimmlein süße,
Ihr Füß sein gel,
Ihr Stimm ist hell,
Der Hals ist lang,

Wie ihr Gesang:
Gickgack, Gickgack, Gickgack, Gickgack,
Wir singen am St. Martins-Tag.

An den Storchschnabel

Storch, Storch, Steiner!
Mit den langen Beiner,
Flieg mir in das Bäckerhaus,
Hol mir ein warmen Weck heraus!

Ist der Storch nit ein schönes Tier,
Hat einen langen Schnabel und säuft kein Bier.

Johann Peter Hebel

Die Wachtel

Zwei wohlgezogene und ehrbare Nachbarn lebten sonst miteinander immer in Frieden und Freundschaft, jetzt zwar auch noch, aber einer von ihnen hatte eine Wachtel. Zu ihm kommt endlich der Nachbar und sagt: »Freund, begreift Ihr nicht, dass mir Euer Lärmenmacher, Euer Tambour da, sehr ungelegen sein kann, wenn ich morgens noch ein Stündlein schlafen möchte, und dass Ihr Euch unwert macht bei der ganzen Nachbarschaft?« Ihm erwiderte der Nachbar: »Ich begreife das Gegenteil. Ist's nicht aller Ehren wert, dass meine Wachtel der ganzen Nachbarschaft den Morgen umsonst ansagt und die Gesellen weckt, auch sonst Kurzweil macht, und ich trage die Atzungskosten allein?« Als alle Vorstellungen nichts verfangen wollten und die Wachtel immer früher schlug und immer heller, kommt endlich der Nachbar noch einmal und sagt: »Freund, wär' Euch Eure Wachtel nicht feil?« Der Nachbar sagt: »Wollt Ihr sie totmachen?« – »Das nicht«, erwiderte der andere. »Oder fliegen lassen?« – »Nein, auch nicht.« – »Oder in eine andere Gasse stiften?« – »Auch das nicht, sondern hier vor mein Fenster will ich sie stellen, damit Ihr sie auch noch hören könnt alle Morgen.« Der Nachbar merkte nichts, denn er war nicht der Klügere von beiden. ›Ei‹, dachte er, ›wenn ich sie vor deinem Fenster umsonst hören kann und bekomme noch Geld dazu, so ist's besser.‹ – »Ist sie Euch ein Zweiguldenstück wert?«, fragte er den Nachbarn. Der Nachbar dachte zwar, es sei viel Geld, doch soll's ihm nicht verloren sein, und noch in der nämlichen Stunde wurde die Wachtel umquartiert.

Am andern Morgen, als sie ihren vorigen Besitzer aus dem Schlaf erweckt und er eben denken wollte: ›Ei, meine gute Wachtel ist auch schon munter‹ – halbwegs des Gedankens fällt's ihm ein: ›Nein, es ist meines Nachbars Wachtel.‹ – »Das undankbare Vieh«, sagte er endlich am dritten Morgen; »ein Jahr lang hat sie bei mir gelebt und gute Tage gehabt, und jetzt hält sie es mit einem andern und lebt mir zum Schabernack. – Der Nachbar sollte verständiger sein und bedenken, dass er nicht allein in der Welt ist, wenigstens nicht allein in der Stadt.« Nach mehreren Tagen aber, als er vor Verdruss es nimmer aushalten konnte, redete er hinwiederum den Nachbarn an: »Freund«, sagte er, »Eure Wachtel hat in der vergangenen Nacht wieder einen kurzen Schlaf gehabt.« – »Es ist ein braver Vogel«, erwiderte der Nachbar, »ich habe mich nicht daran verkauft.« – »Er ist recht brav worden in Eurem Futter«, fuhr jener fort. »Was verlangt Ihr Aufgeld, dass er Euch wieder feil werde?« Da lächelte der andere und sagte: »Wollt Ihr sie vielleicht totmachen?« – »Nein.« – »Oder fliegen lassen?« – »Das auch nicht.« – »Oder in eine andere Gasse vermachen?« – »Auch das nicht. Aber an ihren alten Platz will ich sie wieder stellen, wo Ihr sie ja ebenso gut hören könnt wie an ihrem jetzigen.« – »Freund«, erwiderte ihm hierauf der Nachbar, »vor Euer Fenster kommt die Wachtel nimmermehr, aber gebt Ihr mir meine zwei Gulden wieder, so lass ich sie fliegen.« Der Nachbar dachte bei sich: ›Wohlfeiler kann ich sie nicht loswerden als für sein eigenes Geld.‹ Also gab er ihm die zwei Gulden wieder, und die Wachtel flog.

Der geneigte Leser wolle hieran gelegentlich erkennen, wenn er es nötig hat, was für ein großer Unterschied es sei, ob etwas vor dem eigenen Fenster und in dem eigenen Haus geschieht oder in einem andern; ferner – denn es braucht keine Wachtel dazu –, ob einer in einer Gesellschaft selber pfeift und auf dem Tisch trommelt oder ob es ein anderer anhören muss; item: ob einer selber bis nachts um zehn Uhr eine langweilige Geschichte erzählt und ob ein anderer dabei sein und von Zeit zu Zeit sich verwundern und etwas dazu sagen muss, gleich als ob er achtgäbe.

Adalbert Stifter

Der Nachsommer

Der alte Risach führt den Asperhof, auf dem der in genauer Naturbeobachtung geübte Mann eine effiziente, ökologisch ausgerichtete Landwirtschaft betreibt. Sein Besucher erfährt, dass in dessen System auch Vögel eine wichtige Rolle einnehmen. (Ein Auszug aus dem Roman von 1857.)

»Habt ihr nicht etwas in unserem Garten gehört, das euch besonders auffallend war?«, fragte mein Gastfreund.

»Den Vogelsang«, sagte ich plötzlich.

»Ihr habt richtig bemerkt«, erwiderte er. »Die Vögel sind in diesem Garten unser Mittel gegen Raupen und schädliches Ungeziefer. Diese sind es, welche die Bäume, Gesträuche, die kleinen Pflanzen und natürlich auch die Rosen weit besser reinigen, als es Menschenhände oder was immer für Mittel zu bewerkstelligen imstande wären. Seit diese angenehmen Arbeiter uns Hilfe leisten, hat sich in unserm Garten so wie im heurigen Jahre auch sonst nie mehr ein Raupenfraß eingefunden, der nur im Geringsten bemerkbar gewesen wäre.« (…)

»Wie sehr diese Tiere für das Ungeziefer geschaffen sind«, sagte er nach einer Weile, »zeigt sich aus der Beobachtung, dass sie die Arbeit unter sich teilen. Die Blaumeise und die Tannenmeise entdeckt die Brut der Ringelraupe und anderer Raupengattungen an den äußersten Spitzen der Zweige, wo sie unter der Rinde verborgen ist, indem sie, sich an die Zweige hängend, dieselben absucht, die Kohlmeise durchsucht fleißig das Innere der Baumkrone, die Spechtmeise klettert Stamm auf Stamm ab und holt die versteckten Eier hervor, der Finke, der gerne in den Nadelbäumen nistet, weshalb auch solche Bäume in dem Garten sind, geht gleichwohl gerne von ihnen herab und läuft den Gängen der Käfer und dergleichen nach, und ihn unterstützen oder übertreffen vielmehr die Ammerlinge, die Grasmücken, die Rotkehlchen, die auf der Erde unter Kohlpflanzen und in Hecken ihre Nahrung suchen und finden. Sie beirren sich wechselseitig nicht und lassen in ihrer unglaublichen Tätigkeit nicht nach, ja sie scheinen sich eher darin einander anzueifern. Ich habe nicht eigens Beobachtungen angestellt; aber wenn man mehrere Jahre unter den Tieren lebt, so gibt sich die Betrachtung von selber.«

»Auch einen eigentümlichen Gedanken«, fuhr er fort, »hat das Walten dieser Tiere in mir erweckt oder vielmehr bestärkt; denn ich hatte ihn schon längst. Allen Tatsachen, die wichtig sind, hat Gott außer unserem Bewusstsein ihres Wertes auch noch einen Reiz für uns beigesellt, der sie annehmlich in unser Wesen gehen lässt.

Diesen Tierchen nun, die so nützlich sind, hat er, ich möchte sagen, die goldene Stimme mitgegeben, gegen die der verhärtetste Mensch nicht verhärtet genug ist. Ich habe in unserem Garten mehr Vergnügen gehabt als manchmal in Sälen, in denen die kunstreichste Musik aufgeführt wurde, die selten zu hören ist. Zwar singt ein Vogel in einem Käfige auch; denn der Vogel ist leichtsinnig, er erschrickt zwar heftig, er fürchtet sich; aber bald ist der Schrecken und die Furcht vergessen, er hüpft auf einen Halt für seine Füße und trällert dort das Lied, das er gelernt hat und das er immer wiederholt. Wenn er jung und sogar auch alt gefangen wird, vergisst er sich und sein Leid, wird ein Hin- und Widerhüpfer in kleinem Raume, da er sonst einen großen brauchte, und singt seine Weise; aber dieser Gesang ist ein Gesang der Gewohnheit, nicht der Lust. Wir haben an unserm Garten einen ungeheuren Käfig ohne Draht, Stangen und Vogeltürchen, in welchem der Vogel vor außerordentlicher Freude, der er sich so leicht hingibt, singt, in welchem wir das Zusammentönen vieler Stimmen hören können, das in einem Zimmer beisammen nur ein Geschrei wäre, und in welchem wir endlich die häusliche Wirtschaft der Vögel und ihre Gebärden sehen können, die so verschieden sind und oft dem tiefsten Ernste ein Lächeln abgewinnen können. Man hat uns in diesem Hegen von Vögeln in einem Garten nicht nachgeahmt. Die Leute sind nicht verhärtet gegen die Schönheit des Vogels und gegen seinen Gesang, ja diese beiden Eigenschaften sind das Unglück des Vogels. Sie wollen dieselben genießen, sie wollen sie recht nahe genießen, und da sie keinen Käfig mit unsichtbaren Drähten und Stangen machen können wie wir, in dem sie das eigentliche Wesen des Vogels wahrnehmen könnten, so machen sie einen mit sichtbaren, in welchem der Vogel eingesperrt ist und seinem zu frühen Tode entgegen singt. Sie sind auf diese Weise nicht unfühlsam für die Stimme des Vogels, aber sie sind unfühlsam für sein Leiden. Dazu kommt noch, dass es der Schwäche und Eitelkeit des Menschen, besonders der Kinder, angenehm ist, eines Vogels, der durch seine Schwingen und seine Schnelligkeit gleichsam aus dem Bereiche menschlicher Kraft gezogen ist, Herr zu werden und ihn durch Witz und Geschicklichkeit in seine Gewalt zu bringen. Darum ist seit alten Zeiten der Vogelfang ein Vergnügen gewesen, besonders für junge Leute; aber wir müssen sagen, dass es ein sehr rohes Vergnügen ist, das man eigentlich verachten sollte. Freilich ist es noch schlechter und muss ohne Weiteres verabscheut werden, wenn man Singvögel nicht des Gesanges wegen fängt, sondern sie fängt und tötet, um sie zu essen. Die unschuldigsten und mitunter schönsten Tiere, die durch ihren einschmeichelnden Gesang und ihr liebliches Benehmen ohnehin unser Vergnügen sind, die uns nichts anders tun als lauter Wohltaten, werden wie Verbrecher verfolgt, werden meistens, wenn sie ihrem Triebe der Geselligkeit folgen, erschossen oder, wenn sie ihren nagenden Hunger stillen wollen, erhängt. Und dies geschieht nicht, um ein unabweisliches Bedürfnis zu erfüllen, sondern einer Lust und Laune willen. Es wäre unglaublich, wenn man nicht wüsste, dass es aus Mangel an Nachdenken oder aus Gewohnheit so geschieht. Aber das zeigt eben, wie weit wir noch von wahrer Gesittung entfernt sind. Darum haben weise Menschen bei wilden Völkern und bei solchen, die ihre Gierde nicht zu zähmen wussten oder einen höheren Gebrauch von ihren Kräften noch nicht machen konnten, den Aberglauben aufgeregt, um einen Vogel seiner Schönheit oder Nützlichkeit willen zu retten. So ist die Schwalbe ein heiliger Vogel geworden, der dem Hause Segen bringt, das er besucht, und den zu töten Sünde ist. Und selten dürfte es ein Vogel mehr verdienen als die Schwalbe, die so wunderschön ist und so unberechenbaren Nutzen bringt. So ist der Storch unter göttlichen Schutz gestellt, und den Staren hängen wir hölzerne Häuser in unsere Bäume. Ich hoffe, dass, wenn unseren Nachbarn die Augen über den Erfolg und den Nutzen des Hegens von Singvögeln aufgehen, sie vielleicht auch dazu schreiten werden, uns nachzuahmen; denn für Erfolg und Nutzen sind sie am empfänglichsten. Ich glaube aber auch, dass unsere Obrigkeiten das Ding nicht geringachten sollten, dass ein strenges Gesetz gegen das Fangen und Töten der Singvögel zu geben wäre und dass das Gesetz auch mit Umsicht und Strenge aufrechterhalten werden sollte. Dann würde dem menschlichen Geschlechte ein heiligendes Vergnügen aufbewahrt bleiben, wir würden durch die Länder wie durch schöne Gärten gehen, und die wirklichen Gärten würden erquickend dastehen, in keinem Jahre leiden und in besonders unglücklichen nicht den Anblick der gänzlichen Kahlheit und der traurigen Verödung zeigen. Wollt ihr nicht auch ein wenig unsere gefiederten Freunde ansehen?«

»Sehr gerne«, sagte ich.

Marie von Ebner-Eschenbach

Der Fink

»Lux! Lux! Herein da! Gleich da herein! Garstiges, grausliches, miserables Tier!« In allen Winkeln ihres Gedächtnisses suchte sie nach einem tödlich beschämenden Schimpfwort, um es dem Hunde an den Kopf zu schleudern, noch ehe sie selbst bei ihm ankam und ihm all das Üble antat, das sie gegen ihn im Sinn führte.

Der Hund war ein großer, weißer, kurzhaariger Spitz. Er hatte einen rabenschwarzen Fleck über dem halben Gesicht und dem halben linken Ohr, was ihm etwas ungemein Herausforderndes gab, und er konnte so verächtlich dreinschauen wie kein zweiter Hund auf der Welt. Ganz flüchtig sah er sich nach dem schlanken Persönchen mit den blonden, nach Knabenart geschnittenen Haaren um, das auf ihn zugeeilt kam, und wendete seine Aufmerksamkeit gleich wieder etwas Kleinem, Lebendigem zu, das sich im Gras regte, beschnüffelte es, betupfte es mit seiner Pfote.

»Marsch!« – Das R in dem Wort klang wie eine lange Reihe von R, also fast wie rollender Donner. Zugleich erhielt der Spitz einen mit aller Kraft, über die ein achtjähriges, eher zartes als starkes Mädchen disponiert, geführten Faustschlag in die Flanke. Pia tat sich dabei mehr weh als ihm, denn der Hund musste irgendeinen Vorfahren vom Geschlecht der Wale haben, wenigstens schien er aus lauter Fischbein zu bestehen.

Puterrot und die Augen voll Tränen, kniete Pia jetzt im Grase und hielt das kleine Lebendige in ihren Händen, streichelte, küsste, bedauerte es. Das Liebe, das Arme, ach so klein! so arm! Ein ganz junges Finklein. Zu früh hatte es sich aus einem der Nester auf der großen Rüster gewagt, dem ältesten unter den alten Bäumen des Gartens, der gar vielen Vögeln Obdach gewährte. Fast so hoch wie der Schlossturm ragte sein Wipfel, seine Äste und Zweige bildeten einen Hain. Wie konnte das verirrte, erschöpfte Vögelchen den Weg zurückfinden ins Vaterhaus?

Es schien sich der ganzen Größe seines Unglücks bewusst, stieß von Zeit zu Zeit jämmerliche Piepse aus, zwinkerte in Qual und Todesangst mit den dunkeln, glänzenden Äuglein. Sein Körperchen zuckte, sein Herz schlug mit rasender Schnelligkeit. Es war gewiss schwer verletzt. Der garstige Lux hatte es gebissen oder vielleicht die Brust eingedrückt … was wusste Pia, was er ihm getan! Und jetzt hatte das miserable Tier noch die Unverschämtheit, heranzutreten, ganz vertraulich die Schnauze auf ihre Schulter zu legen, nachdem er diese selbe Schnauze mehrmals rasch nacheinander mit der Zunge abgeleckt, und ihr mit seinen sehr sprechenden Augen und seiner naiven Missetätermiene zu sagen: »Gib mir das Ding zurück. Ich hab's gefunden, 's ist mein. Ich brauch's zum Spielen. Es quietscht so nett, wenn ich darauf tupfe mit der Pfote!«

»Marrrsch!« Wieder rollte das R wie Donner. Pia sprang auf und gab dem Lux einen Tritt, bei dem sie sich fast den Fuß verrenkte und der ihn lächeln machte.

Sie rannte ins Schloss, in die Küche, ließ sich Milch und Weißbrot geben und versuchte das Finklein zu füttern. Sie verstand sich auf die Kunst. Drei aus dem Nest gefallene Spatzen hatte sie im letzten Sommer prächtig aufgebracht, und zwei von ihnen waren in noch zarterem Alter gestanden als das Finklein. Aber freilich, das waren eben Spatzen gewesen, zäh und ordinär, solche, wie es Hunderttausende gibt, nichts Feines, Exquisites, das auf ganz andre Lebensbedingungen gestellt ist als die große Masse.

Das Finklein verschmähte die Nahrung, die seine Wohltäterin ihm bot, und wenn sie ihm den Schnabel mit sanfter Gewalt öffnete und ihm ein Tröpflein Milch einflößte, schluckte es nicht einmal.

Die Köchin, eine majestätische, dicke Person mit einem Suppentellergesicht und blauen, schmachtenden Augen, hatte von ihrer großen, blanken Werktafel aus den Bemühungen Pias mitleidig zugesehen.

»Sie plagen das arme Tier umsonst«, sagte sie sanft und freundlich. »Geben Sie's her. Ich mach's tot.«

»W-as? tot machen?« Pia hob das schmucke Köpfchen, streckte sich, wurde ordentlich größer vor Entrüstung. »Sie wird man tot machen, Sie Grausame …«

Die Mörderin unzähliger Tauben, Hühner, Perlhühner, Truthühner zuckte mit ruhigem Selbstbewusstsein die Achseln: »Ich bin nicht grausam, ich könnt' ein armes Tier, dem nicht mehr zu helfen ist, nicht so leiden sehn, weil's mich freut, mit ihm zu spielen.«

Pia schauderte; sie stürzte aus der Küche hinaus, fort von der Entsetzlichen, der Totmacherin von Beruf, die so schreckliche Dinge sagte und vielleicht sogar recht hatte: Weil es sie freut, mit ihm zu spielen?

Wenn das wahr ist, dann ist sie ja viel schlechter als Lux, der keine Vernunft hat und ein Nebentier quält, ohne zu wissen, was er tut … Menschen haben einen andern Standpunkt und eine andere Verantwortlichkeit.

Was ist neulich geschehen, als der Tierarzt zum alten Jagdhund Flock gerufen wurde und erklärte, dass er unheilbar krank sei? Da hat die Großmutter zu Papa gesagt: »Erlös ihn. Spend ihm eine gnädige Kugel! Er soll den Tod eines braven Jagdhundes sterben.« – Und Papa, dieser engelsgute Papa, hatte ein Gewehr genommen, ist hingegangen und hat den alten Flock erschossen. Und Flock war Papas Lieblingshund.

»Du bist auch mein Liebling«, flüsterte sie dem Vogel zu, »und ich will dich von deinen Leiden erlösen. Und ich weiß den schönsten Tod für dich, den schönsten Vogeltod. Im letzten Augenblick sollst du noch glauben können: ›Jetzt flieg' ich.‹ Und dann wird alles aus sein. Bei einem Vogel ist dann alles aus.«

Sie lief über den Hof, in den Gang und die Stufen hinauf, die zur Wohnung des Turmwartels führten.

Kein wirklicher Wartel. Er hieß nur so und war ein greiser, pensionierter Hausdiener. Er tat auch nichts mehr außer Tabak schnupfen und schlafen. Den Turm sah er als seine eigenste Domäne an, und weil er selbst nie mehr hinaufstieg, war sein schwarzer Kater angewiesen, die Besucher zu geleiten.

Die Türe des Wartezimmers war nur angelehnt und hatte ein großes Guckloch. Pia warf im Vorübergehen einen Blick hindurch. Der Alte schlief in seinem Lehnstuhl, der Kater saß neben ihm auf dem Tisch und lauerte. Die Kleine erblicken und auf den Boden springen war eins. Er zwängte sich durch den Türspalt wie eine Schlange aus Samt und schlich hinter Pia her, unhörbar auf seinen elastischen Pfoten. Immer näher kam er heran, schmiegte sich an sie, warf ihr aus den großen runden Topasaugen forschende Blicke zu.

Ob er den Vogel witterte? Ob er ahnte, was Pia in der Hand trug?

Auf der Treppe lag der Staub fingerdick, und ein unheimliches Zwielicht herrschte. Die wenigen Fenster waren nicht viel breiter als eine Zaunlatte und mit Schmutz und Spinngeweben überzogen. Manchmal huschte etwas vorüber – eine Ratte gewiss. Dann schoss der Kater drauflos, und dann gab's einen kurzen, wütenden Kampf, ein schrilles Pfeifen gellte, ausgestoßen in Schmerz und Todesangst.

Und das Raubtier war wieder da, und seine gelben Augen leuchteten und sahen wieder und wieder zu Pia hinauf und schienen zu sagen: »Die rechte Beute hab' ich noch nicht, die möchtest du mir vorenthalten. Wart nur, ich hole sie mir, ich bin stark, ich habe Krallen.«

Der Kleinen wurde bang, sie hastete, sie lief die Stiegen hinauf. Ach, die wollten heute kein Ende nehmen! Und die Stufen waren so steil, und so schwindlig wurde man bei dem ewigen Rundherum und Rundherum!

Seit einer Weile schon hatte das Finklein kein Lebenszeichen gegeben. Plötzlich rührte sich's, sträubte seine Federn, seine Füßchen zappelten und zuckten …

Vorüber … nichts mehr. Das war vielleicht das letzte. Das Finklein war vielleicht jetzt gestorben. Pia trug eine kleine Leiche in ihrer Hand …

Schrecklich, schrecklich – der Tod ist etwas Schreckliches, und ihn da haben, ihn fühlen … Ein Grauen überrieselte sie, und sie flüsterte dem Vogel zu: »Stirb nicht, stirb nicht in meiner Hand!« Sie legte seinen Kopf an ihre Wange, hauchte leise über ihn und – schrie auf. Der Kater war mit einem wilden Satz heraufgesprungen, ihr fast ins Gesicht, und fauchte und dräute. Eine feige Regung stieg in dem Kinde auf: Gib es ihm! Gib ihm das Vögelchen! Es ist ja tot … Aber vielleicht doch noch nicht ganz tot und kann sich noch fürchten, noch etwas davon fühlen, wie es zerfleischt wird. Nein, und – nein! Man hat doch seinen Kopf, man wird nach seinem eigenen Kopf tun und nicht nach dem eines alten, ekelhaften Katers.

»Fort, Unkatz! Unkatz!«, ruft sie, und dass sie einen so verletzenden Namen gefunden hat, freut sie, stärkt sie. Sie stürmt die Stufen hinauf.

Da endlich war sie angelangt beim Pförtlein, das auf die Plattform führt. In seinem altersgrauen, von oben bis unten geborstenen Holze bildete das hereinströmende Sonnenlicht goldene und diamantene Stäbe.

Pia stieß es auf und betrat die Plattform, der Kater ihr auf den Fersen. Sie fürchtete ihn nicht mehr. Sie küsste den Vogel noch einmal auf sein Köpflein.

»Jetzt erlös' ich dich, bald wirst du nicht mehr leiden. Du wirst fallen – fallen – es wird dir sein wie im Traum.«

Über die Mauerbrüstung gebeugt, blickte sie hinab.

Lauter Wipfel, und der alle überragte, war der der alten Rüster, und schien so nah, dass man meinte, ihn greifen zu können. Und ganz oben in den feinsten Zweiglein seiner Krone huschte es unstet hin und her, ward ein banges Schreien und Klagen laut, und so klein die Brust, der es entquoll, so groß und verzweiflungsvoll der Schmerz, der sich darin aussprach.

»Bist du's, Finkenmutter? Bist du's, Arme? Du wirst dein Kind wiedersehen, es kommt, aber es ist tot.« Pia streckte den Arm aus, und im Augenblick war der Kater dicht an sie heran auf die Mauer gesprungen.

»Du bekommst ihn nicht, du nicht!«, rief das Mädchen, drückte die Augen fest zu und öffnete die Hand.

Das Vöglein entglitt ihr und sank eines Atemzuges Dauer. Dann … Herr Jesus, Herr Jesus – es war nicht tot, es lebte! Seine Flügel spreizten sich, aus seiner Kehle drang ein leises, halb banges, halb freudiges Zwitschern, es flog ein bisschen ungeschickt und wie trunken, aber flog dem Wipfel der Rüster zu, und dort erschallte ein Jubeln, ein Jauchzen seligen Entzückens. Dazwischen ein eifriges, fragendes, besorgtes Piepsen: »Wie geht's? Bist gesund? Fehlt dir nichts?«

»Nein, jetzt fehlt ihm nichts mehr!« Pia brach in helles Lachen aus. Sie lachte dem Kater ins runde, flache, ins kläglich bestürzte Gesicht.

»Spring nach! Hol dir's, alter dummer Kater! Es ist gerettet vor dir, vor allen seinen Feinden, es ist bei seiner Mutter.«

Sie hielt plötzlich inne, sah nachdenklich in die Ferne und wiederholte langsam: »Bei seiner Mutter.«

Wie einem da ist, wusste sie schon lange nicht mehr … Sie war damals so gar klein gewesen … aber herrlich muss es sein für einen Vogel und – für ein Kind.

Wilhelm Hauff

Die Geschichte von Kalif Storch

I.

Der Kalif Chasid zu Bagdad saß einmal an einem schönen Nachmittag behaglich auf seinem Sofa; er hatte ein wenig geschlafen, denn es war ein heißer Tag, und sah nun nach seinem Schläfchen recht heiter aus. Er rauchte aus einer langen Pfeife von Rosenholz, trank hie und da ein wenig Kaffee, den ihm ein Sklave einschenkte, und strich sich allemal vergnügt den Bart, wenn es ihm geschmeckt hatte. Kurz, man sah dem Kalifen an, dass es ihm recht wohl war. Um diese Stunde konnte man gar gut mit ihm reden, weil er da immer recht mild und leutselig war; deswegen besuchte ihn auch sein Großwesir Mansor alle Tage um diese Zeit. An diesem Nachmittag nun kam er auch, sah aber sehr nachdenklich aus, ganz gegen seine Gewohnheit. Der Kalif tat die Pfeife ein wenig aus dem Mund und sprach: »Warum machst du ein so nachdenkliches Gesicht, Großwesir?«

Der Großwesir schlug seine Arme kreuzweis über die Brust, verneigte sich vor seinem Herrn und antwortete: »Herr, ob ich ein nachdenkliches Gesicht mache, weiß ich nicht; aber da drunten am Schloss steht ein Krämer, der hat so schöne Sachen, dass es mich ärgert, nicht viel überflüssiges Geld zu haben.«

Der Kalif, der seinem Großwesir schon lange gern eine Freude gemacht hätte, schickte seinen schwarzen Sklaven hinunter, um den Krämer heraufzuholen. Bald kam der Sklave mit dem Krämer zurück. Dieser war ein kleiner, dicker Mann, schwarzbraun im Gesicht und in zerlumptem Anzug. Er trug einen Kasten, in welchem er allerhand Waren hatte, Perlen und Ringe, reich beschlagene Pistolen, Becher und Kämme. Der Kalif und sein Wesir musterten alles durch, und der Kalif kaufte endlich für sich und Mansor schöne Pistolen, für die Frau des Wesirs aber einen Kamm. Als der Krämer seinen Kasten schon wieder zumachen wollte, sah der Kalif eine kleine Schublade und fragte, ob da auch noch Waren seien. Der Krämer zog die Schublade heraus und zeigte darin eine Dose mit schwärzlichem Pulver und ein Papier mit sonderbarer Schrift, die weder der Kalife noch Mansor lesen konnten. »Ich bekam einmal diese zwei Stücke von einem Kaufmann, der sie in Mekka auf der Straße fand«, sagte der Krämer. »Ich weiß nicht, was sie enthalten; Euch stehen sie um geringen Preis zu Dienst, ich kann doch nichts damit anfangen.« Der Kalif, der in seiner Bibliothek gerne alte Manuskripte hatte, wenn er sie auch nicht lesen konnte, kaufte Schrift und Dose und entließ den Krämer. Der Kalif aber dachte, er möchte gerne wissen, was die Schrift enthalte, und fragte den Wesir, ob er keinen kenne, der es entziffern könnte. »Gnädigster

Herr und Gebieter«, antwortete dieser, »an der großen Moschee wohnt ein Mann, er heißt Selim der Gelehrte, der versteht alle Sprachen. Lass' ihn kommen! Vielleicht kennt er diese geheimnisvollen Züge.«

Der gelehrte Selim war bald herbeigeholt. »Selim«, sprach zu ihm der Kalif, »Selim, man sagt, du seiest sehr gelehrt; guck' einmal ein wenig in diese Schrift, ob du sie lesen kannst; kannst du sie lesen, so bekommst du ein neues Festkleid von mir, kannst du es nicht, so bekommst du zwölf Backenstreiche und fünfundzwanzig auf die Fußsohlen, weil man dich dann umsonst Selim den Gelehrten nennt.« Selim verneigte sich und sprach: »Dein Wille geschehe, o Herr!« Lange betrachtete er die Schrift; plötzlich aber rief er aus: »Das ist lateinisch, o Herr, oder ich lass' mich hängen.« – »Sag', was drinsteht«, befahl der Kalif, »wenn es lateinisch ist.«

Selim fing an zu übersetzen: »Mensch, der du dieses findest, preise Allah für seine Gnade! Wer von dem Pulver in dieser Dose schnupft und dazu spricht: Mutabor, der kann sich in jedes Tier verwandeln und versteht auch die Sprache der Tiere. Will er wieder in seine menschliche Gestalt zurückkehren, so neige er sich dreimal gen Osten und spreche jenes Wort! Aber hüte dich, wenn du verwandelt bist, dass du nicht lachest! Sonst verschwindet das Zauberwort gänzlich aus deinem Gedächtnis, und du bleibst ein Tier.«

Als Selim der Gelehrte also gelesen hatte, war der Kalif über die Maßen vergnügt. Er ließ den Gelehrten schwören, niemand etwas von dem Geheimnis zu sagen, schenkte ihm ein schönes Kleid und entließ ihn. Zu seinem Großwesir aber sagte er: »Das heiß' ich gut einkaufen, Mansor! Wie freue ich mich, bis ich ein Tier bin! Morgen früh kommst du zu mir! Wir gehen dann miteinander aufs Feld, schnupfen etwas Weniges aus meiner Dose und belauschen dann, was in der Luft und im Wasser, im Wald und Feld gesprochen wird!«

II.

Kaum hatte am andern Morgen der Kalif Chasid gefrühstückt und sich angekleidet, als schon der Großwesir erschien, ihn, wie er befohlen, auf dem Spaziergang zu begleiten. Der Kalif steckte die Dose mit dem Zauberpulver in den Gürtel, und nachdem er seinem Gefolge befohlen, zurückzubleiben, machte er sich mit dem Großwesir ganz allein auf den Weg. Sie gingen zuerst durch die weiten Gärten des Kalifen, spähten aber vergebens nach etwas Lebendigem, um ihr Kunststück zu probieren. Der Wesir schlug endlich vor, weiter hinaus an einen Teich zu gehen, wo er schon oft viele Tiere, namentlich Störche, gesehen habe, die durch ihr gravitätisches Wesen und ihr Geklapper immer seine Aufmerksamkeit erregt haben.

Der Kalif billigte den Vorschlag seines Wesirs und ging mit ihm dem Teich zu. Als sie dort angekommen waren, sahen sie einen Storchen ernsthaft auf und ab gehen, Frösche suchend und hie und da etwas vor sich hinklappernd. Zugleich sahen sie auch weit oben in der Luft einen andern Storchen dieser Gegend zuschweben.

»Ich wette meinen Bart, gnädigster Herr«, sagte der Großwesir, »wenn nicht diese zwei Langfüßler ein schönes Gespräch miteinander führen werden. Wie wäre es, wenn wir Störche würden?«

»Wohl gesprochen!«, antwortete der Kalif. »Aber vorher wollen wir noch einmal betrachten, wie man wieder Mensch wird. – Richtig! Dreimal gen Osten geneigt und Mutabor gesagt, so bin ich wieder Kalif und du Wesir. Aber nur ums Himmelswillen nicht gelacht, sonst sind wir verloren!«

Während der Kalif also sprach, sah er den andern Storchen über ihrem Haupte schweben und langsam sich zur Erde lassen. Schnell zog er die Dose aus dem Gürtel, nahm eine gute Prise, bot sie dem Großwesir dar, der gleichfalls schnupfte, und beide riefen: Mutabor!

Da schrumpften ihre Beine ein und wurden dünn und rot, die schönen gelben Pantoffel des Kalifen und seines Begleiters wurden unförmliche Storchfüße, die Arme wurden zu Flügeln, der Hals fuhr aus den Achseln und ward eine Elle lang, der Bart war verschwunden und den Körper bedeckten weiche Federn.

»Ihr habt einen hübschen Schnabel, Herr Großwesir«, sprach nach langem Erstaunen der Kalif. «Beim Bart des Propheten, so etwas habe ich in meinem Leben nicht gesehen.«

»Danke untertänigst«, erwiderte der Großwesir, indem er sich bückte; »aber wenn ich es wagen darf, zu behaupten, Eure Hoheit sehen als Storch beinahe noch hübscher aus denn als Kalif. Aber kommt, wenn es Euch gefällig ist, dass wir unsere Kameraden dort belauschen und erfahren, ob wir wirklich Storchisch können?«

Indem war der andere Storch auf der Erde angekommen. Er putzte sich mit dem Schnabel seine Füße, legte seine Federn zurecht und ging auf den ersten Storchen zu. Die beiden neuen Störche aber beeilten sich, in ihre Nähe zu kommen, und vernahmen zu ihrem Erstaunen folgendes Gespräch:

»Guten Morgen, Frau Langbein, so früh schon auf der Wiese?«

»Schönen Dank, liebe Klapperschnabel! Ich habe mir nur ein kleines Frühstück geholt. Ist Euch vielleicht ein Viertelchen Eidechs gefällig oder ein Froschschenkelein?«

»Danke gehorsamst; habe heute gar keinen Appetit. Ich komme auch wegen etwas ganz anderem auf die Wiese. Ich soll heute vor den Gästen meines Vaters tanzen, und da will ich mich im Stillen ein wenig üben.«

Zugleich schritt die junge Störchin in wunderlichen Bewegungen durch das Feld. Der Kalif und Mansor sahen ihr verwundert nach. Als sie aber in malerischer Stellung auf einem Fuß stand und mit den Flügeln anmutig dazu wedelte, da konnten sich die beiden nicht mehr halten; ein unaufhaltsames Gelächter brach aus ihren Schnäbeln hervor, von dem sie sich erst nach langer Zeit erholten. Der Kalif fasste sich zuerst wieder: »Das war einmal ein Spaß«, rief er, »der nicht mit Gold zu bezahlen ist. Schade, dass die dummen Tiere durch unser Gelächter sich haben verscheuchen lassen, sonst hätten sie gewiss auch noch gesungen!«

Aber jetzt fiel es dem Großwesir ein, dass das Lachen während der Verwandlung verboten war. Er teilte seine Angst deswegen dem Kalifen mit. »Potz Mekka und Medina! Das wäre ein schlechter Spaß, wenn ich ein Storch bleiben müsste! Besinne dich doch auf das dumme Wort! Ich bring' es nicht heraus.«

»Dreimal gen Osten müssen wir uns bücken und dazu sprechen: Mu – Mu – Mu –«

Sie stellten sich gen Osten und bückten sich in einem fort, dass ihre Schnäbel beinahe die Erde berührten. Aber, o Jammer! Das Zauberwort war ihnen entfallen, und sooft sich auch der Kalife bückte, so sehnlich auch sein Wesir Mu – Mu dazu rief, jede Erinnerung daran war verschwunden, und der arme Chasid und sein Wesir waren und blieben Störche.

III.

Traurig wandelten die Verzauberten durch die Felder; sie wussten gar nicht, was sie in ihrem Elend anfangen sollten. Aus ihrer Storchenhaut konnten sie nicht heraus, in die Stadt zurück konnten sie auch nicht, um sich zu erkennen zu geben; denn wer hätte einem Storchen geglaubt, dass er der Kalif sei? Und wenn man es auch geglaubt hätte, würden die Einwohner von Bagdad einen Storchen zum Kalifen gewollt haben?

So schlichen sie mehrere Tage umher und ernährten sich kümmerlich von Feldfrüchten, die sie aber wegen ihrer langen Schnäbel nicht gut verspeisen konnten. Zu Eidechsen und Fröschen hatten sie übrigens keinen Appetit; denn sie befürchteten, mit solchen Leckerbissen sich den Magen zu verderben. Ihr einziges Vergnügen in dieser traurigen Lage war, dass sie fliegen konnten, und so flogen sie oft auf die Dächer von Bagdad, um zu sehen, was darin vorging.

In den ersten Tagen bemerkten sie große Unruhe und Trauer in den Straßen. Aber ungefähr am vierten Tag nach ihrer Verzauberung saßen sie auf dem Palast des Kalifen; da sahen sie unten in der Straße einen prächtigen Aufzug. Trommeln und Pfeifen ertönten, ein Mann in einem goldgestickten Scharlachmantel saß auf einem geschmückten Pferd, umgeben von glänzenden Dienern. Halb Bagdad sprang ihm nach, und alle schrien: »Heil Mizra, dem Herrscher von Bagdad!« Da sahen die beiden Störche auf dem Dache des Palastes einander an, und der Kalife Chasid sprach: »Ahnst du jetzt, warum ich bezaubert bin, Großwesir? Dieser Mizra ist der Sohn meines Todfeindes, des mächtigen Zauberers Kaschnur, der mir in einer bösen Stunde Rache schwur. Aber noch gebe ich die Hoffnung nicht auf. Komm mit mir, du getreuer Gefährte meines Elends! Wir wollen zum Grab des Propheten wandern; vielleicht, dass an heiliger Stätte der Zauber gelöst wird.«

Sie erhoben sich vom Dach des Palastes und flogen der Gegend von Medina zu.

Mit dem Fliegen wollte es aber nicht gar gut gehen; denn die beiden Störche hatten noch wenig Übung. »O Herr«, ächzte nach ein paar Stunden der Großwesir, »ich halte es mit Eurer Erlaubnis nicht mehr lange aus; Ihr fliegt gar zu schnell! Auch ist es schon Abend, und wir täten wohl, ein Unterkommen für die Nacht zu suchen.«

Chasid gab der Bitte seines Dieners Gehör; und da er unten im Tale eine Ruine erblickte, die ein Obdach zu gewähren schien, so flogen sie dahin. Der Ort, wo sie sich für diese Nacht niedergelassen hatten, schien ehemals ein Schloss gewesen zu sein. Schöne Säulen ragten unter den Trümmern hervor, mehrere Gemächer, die noch ziemlich erhalten waren, zeugten von der ehemaligen Pracht des Hauses. Chasid und sein Begleiter gingen durch die Gänge umher, um sich ein trockenes

Plätzchen zu suchen; plötzlich blieb der Storch Mansor stehen. »Herr und Gebieter«, flüsterte er leise, »wenn es nur nicht töricht für einen Großwesir, noch mehr aber für einen Storchen wäre, sich vor Gespenstern zu fürchten! Mir ist ganz unheimlich zumut; denn hier neben hat es ganz vernehmlich geseufzt und gestöhnt.« Der Kalif blieb nun auch stehen und hörte ganz deutlich ein leises Weinen, das eher einem Menschen als einem Tiere anzugehören schien. Voll Erwartung wollte er der Gegend zugehen, woher die Klagetöne kamen; der Wesir aber packte ihn mit dem Schnabel am Flügel und bat ihn flehentlich, sich nicht in neue unbekannte Gefahren zu stürzen. Doch vergebens! Der Kalif, dem auch unter dem Storchenflügel ein tapferes Herz schlug, riss sich mit Verlust einiger Federn los und eilte in einen finstern Gang. Bald war er an einer Türe angelangt, die nur angelehnt schien und woraus er deutliche Seufzer mit ein wenig Geheul vernahm. Er stieß mit dem Schnabel die Türe auf, blieb aber überrascht auf der Schwelle stehen. In dem verfallenen Gemach, das nur durch ein kleines Gitterfenster spärlich erleuchtet war, sah er eine große Nachteule am Boden sitzen. Dicke Tränen rollten ihr aus den großen, runden Augen, und mit heiserer Stimme stieß sie ihre Klagen zu dem krummen Schnabel heraus. Als sie aber den Kalifen und seinen Wesir, der indes auch herbeigeschlichen war, erblickte, erhob sie ein lautes Freudengeschrei. Zierlich wischte sie mit dem braungefleckten Flügel die Tränen aus dem Auge, und zu dem großen Erstaunen der beiden rief sie in gutem menschlichem Arabisch: »Willkommen, ihr Störche! Ihr seid mir ein gutes Zeichen meiner Errettung; denn durch Störche werde mir ein großes Glück kommen, ist mir einst prophezeit worden!«

Als sich der Kalif von seinem Erstaunen erholt hatte, bückte er sich mit seinem langen Hals, brachte seine dünnen Füße in eine zierliche Stellung und sprach: »Nachteule! Deinen Worten nach darf ich glauben, eine Leidensgefährtin in dir zu sehen. Aber ach! Deine Hoffnung, dass durch uns deine Rettung kommen werde, ist vergeblich. Du wirst unsere Hilflosigkeit selbst erkennen, wenn du unsere Geschichte hörst.« Die Nachteule bat ihn, zu erzählen; der Kalif aber hub an und erzählte, was wir bereits wissen.

IV.

Als der Kalif der Eule seine Geschichte vorgetragen hatte, dankte sie ihm und sagte: »Vernimm auch meine Geschichte und höre, wie ich nicht weniger unglücklich bin als du. Mein Vater ist der König von Indien, ich, seine einzige, unglückliche Tochter, heiße Lusa. Jener Zauberer Kaschnur, der Euch verzauberte, hat auch mich ins Unglück gestürzt. Er kam eines Tages zu meinem Vater und begehrte mich zur Frau für seinen Sohn Mizra. Mein Vater aber, der ein hitziger Mann ist, ließ ihn die Treppe hinunterwerfen. Der Elende wusste sich unter einer andern Gestalt wieder in meine Nähe zu schleichen, und als ich einst in meinem Garten Erfrischungen zu mir nehmen wollte, brachte er mir, als Sklave verkleidet, einen Trank bei, der mich in diese abscheuliche Gestalt verwandelte. Vor Schrecken ohnmächtig, brachte er mich hieher und rief mir mit schrecklicher Stimme in die Ohren:

›Da sollst du bleiben, hässlich, selbst von den Tieren verachtet, bis an dein Ende, oder bis einer aus freiem Willen dich, selbst in dieser schrecklichen Gestalt, zur Gattin begehrt. So räche ich mich an dir und deinem stolzen Vater.‹

Seitdem sind viele Monate vergangen. Einsam und traurig lebe ich als Einsiedlerin in diesem Gemäuer, verabscheut von der Welt, selbst den Tieren ein Gräuel; die schöne Natur ist vor mir verschlossen; denn ich bin blind am Tage, und nur, wenn der Mond sein bleiches Licht über dieses Gemäuer ausgießt, fällt der verhüllende Schleier von meinem Auge.«

Die Eule hatte geendet und wischte sich mit dem Flügel wieder die Augen aus; denn die Erzählung ihrer Leiden hatte ihr Tränen entlockt.

Der Kalif war bei der Erzählung der Prinzessin in tiefes Nachdenken versunken. »Wenn mich nicht alles täuscht«, sprach er, »so findet zwischen unserem Unglück ein geheimer Zusammenhang statt; aber wo finde ich den Schlüssel zu diesem Rätsel?« Die Eule antwortete ihm: »O Herr! Auch mir ahnet dies; denn es ist mir einst in meiner frühesten Jugend von einer weisen Frau prophezeit worden, dass ein Storch mir ein großes Glück bringen werde, und ich wüsste vielleicht, wie wir uns retten könnten.« Der Kalif war sehr erstaunt und fragte, auf welchem Wege sie meine. »Der Zauberer, der uns beide unglücklich gemacht hat«, sagte sie, »kommt alle Monate einmal in diese Ruinen. Nicht weit von diesem Gemach ist ein Saal. Dort pflegt er dann mit vielen Genossen zu schmausen. Schon oft habe ich sie dort belauscht. Sie erzählen dann einander ihre schändlichen Werke; vielleicht, dass er dann das Zauberwort, das Ihr vergessen habt, ausspricht.«

»Oh, teuerste Prinzessin«, rief der Kalif, »sag' an, *wann* kommt er, und *wo* ist der Saal?«

Die Eule schwieg einen Augenblick und sprach dann: »Nehmet es nicht ungütig, aber nur unter *einer* Bedingung kann ich Euern Wunsch erfüllen.« – »Sprich aus! Sprich aus!«, schrie Chasid. »Befiehl, es ist mir jede recht.«

»Nämlich, ich möchte auch gerne zugleich frei sein; dies kann aber nur geschehen, wenn einer von euch mir seine Hand reicht.«

Die Störche schienen über den Antrag etwas betroffen zu sein, und der Kalif winkte seinem Diener, ein wenig mit ihm hinauszugehen.

»Großwesir«, sprach vor der Türe der Kalif, »das ist ein dummer Handel; aber Ihr könntet sie schon nehmen.«

»So?«, antwortete dieser, »dass mir meine Frau, wenn ich nach Haus komme, die Augen auskratzt? Auch bin ich ein alter Mann, und Ihr seid noch jung und unverheiratet und könnt eher einer jungen, schönen Prinzess die Hand geben.«

»Das ist es eben«, seufzte der Kalif, indem er traurig die Flügel hängen ließ, »wer sagt dir denn, dass sie jung und schön ist? Das heißt eine Katze im Sack kaufen!«

Sie redeten einander gegenseitig noch lange zu; endlich aber, als der Kalif sah, dass sein Wesir lieber Storch bleiben als die Eule heiraten wollte, entschloss er sich, die Bedingung lieber selbst zu erfüllen. Die Eule war hocherfreut. Sie gestand ihnen, dass sie zu keiner bessern Zeit hätten kommen können, weil wahrscheinlich in dieser Nacht die Zauberer sich versammeln würden.

Sie verließ mit den Störchen das Gemach, um sie in jenen Saal zu führen; sie gingen lange in einem finstern Gang hin; endlich strahlte ihnen aus einer halb verfallenen Mauer ein heller Schein entgegen. Als sie dort angelangt waren, riet ihnen die Eule, sich ganz ruhig zu verhalten. Sie konnten von der Lücke, an welcher sie standen, einen großen Saal übersehen. Er war ringsum mit Säulen geschmückt und prachtvoll verziert. Viele farbige Lampen ersetzten das Licht des Tages. In der Mitte des Saales stand ein runder Tisch, mit vielen und ausgesuchten

Speisen besetzt. Rings um den Tisch zog sich ein Sofa, auf welchem acht Männer saßen. In einem dieser Männer erkannten die Störche jenen Krämer wieder, der ihnen das Zauberpulver verkauft hatte. Sein Nebensitzer forderte ihn auf, ihnen seine neuesten Taten zu erzählen. Er erzählte unter andern auch die Geschichte des Kalifen und seines Wesirs.

»Was für ein Wort hast du ihnen denn aufgegeben?«, fragte ihn ein anderer Zauberer. »Ein recht schweres lateinisches, es heißt Mutabor.«

V.

Als die Störche an ihrer Mauerlücke dieses hörten, kamen sie vor Freuden beinahe außer sich. Sie liefen auf ihren langen Füßen so schnell dem Tor der Ruine zu, dass die Eule kaum folgen konnte. Dort sprach der Kalif gerührt zu der Eule: »Retterin meines Lebens und des Lebens meines Freundes, nimm zum ewigen Dank für das, was du an uns getan, mich zum Gemahl an!« Dann aber wandte er sich nach Osten. Dreimal bückten die Störche ihre langen Hälse der Sonne entgegen, die soeben hinter dem Gebirge heraufstieg; »Mutabor!«, riefen sie; im Nu waren sie verwandelt, und in der hohen Freude des neugeschenkten Lebens lagen Herr und Diener lachend und weinend einander in den Armen. Wer beschreibt aber ihr Erstaunen, als sie sich umsahen? Eine schöne Dame, herrlich geschmückt, stand vor ihnen. Lächelnd gab sie dem Kalifen die Hand: »Erkennt Ihr Eure Nachteule nicht mehr?«, sagte sie. Sie war es; der Kalif war von ihrer Schönheit und Anmut so entzückt, dass er ausrief: Es sei sein größtes Glück, dass er Storch geworden sei.

Die drei zogen nun miteinander auf Bagdad zu. Der Kalif fand in seinen Kleidern nicht nur die Dose mit Zauberpulver, sondern auch seinen Geldbeutel. Er kaufte daher im nächsten Dorfe, was zu ihrer Reise nötig war, und so kamen sie bald an die Tore von Bagdad. Dort aber erregte die Ankunft des Kalifen großes Erstaunen. Man hatte ihn für tot ausgegeben, und das Volk war daher hocherfreut, seinen geliebten Herrscher wiederzuhaben.

Umso mehr aber entbrannte ihr Hass gegen den Betrüger Mizra. Sie zogen in den Palast und nahmen den alten Zauberer und seinen Sohn gefangen. Den Alten schickte der Kalif in dasselbe Gemach der Ruine, das die Prinzessin als Eule bewohnt hatte, und ließ ihn dort aufhängen. Dem Sohn aber, welcher nichts von den Künsten des Vaters verstand, ließ der Kalif die Wahl, ob er sterben oder schnupfen wolle. Als er das Letztere wählte, bot ihm der Großwesir die Dose. Eine tüchtige Prise und das Zauberwort des Kalifen verwandelte ihn in einen Storchen. Der Kalif ließ ihn in einen eisernen Käfig sperren und in seinem Garten aufstellen.

Lange und vergnügt lebte Kalif Chasid mit seiner Frau, der Prinzessin; seine vergnügtesten Stunden waren immer die, wenn ihn der Großwesir nachmittags besuchte; da sprachen sie dann oft von ihrem Storchenabenteuer, und wenn der Kalif recht heiter war, ließ er sich herab, den Großwesir nachzuahmen, wie er als Storch aussah. Er stieg dann ernsthaft mit steifen Füßen im Zimmer auf und ab, klapperte, wedelte mit den Armen, wie mit Flügeln, und zeigte, wie jener sich vergeblich nach Osten geneigt und Mu – Mu – dazu gerufen habe. Für die Frau Kalifin und ihre Kinder war diese Vorstellung allemal eine große Freude; wenn aber der Kalif gar zu lange klapperte und nickte und Mu – Mu – schrie, dann drohte ihm lächelnd der Wesir: Er wolle das, was vor der Türe der Prinzessin *Nachteule* verhandelt worden sei, der *Frau Kalifin* mitteilen.

Der Vogel Rock

Erzählung von Sindbads zweiter Reise

Aus den Geschichten aus Tausendundeiner Nacht

Eines Tages, als ich sehr vergnügt war, ergriff mich die Lust zu reisen und zu handeln wieder. Ich kaufte Waren, die sich zu einer Seereise eigneten, und schiffte mich auf einem guten Schiff mit anderen Handelsleuten ein. Nachdem wir uns den Segen Gottes erfleht hatten, lichteten wir die Anker und gingen unter Segel.

Wir fuhren von Insel zu Insel, von Land zu Land, von Stadt zu Stadt, sahen uns alles an und machten vorteilhafte Tauschgeschäfte. Eines Tages warf uns das Geschick, nach Gottes Willen, auf eine Insel, die reich an verschiedenen Fruchtgattungen, Blumen und Vögeln, aber so verlassen war, dass wir weder eine Wohnung noch überhaupt ein menschliches Wesen entdecken konnten. Der Kapitän ankerte vor dieser Insel, die Reisenden stiegen aus und ergötzten sich an diesen Bäumen, Bächen und Vögeln und bewunderten die Schöpfung Gottes. Auch ich verließ das Schiff, setzte mich an einer sprudelnden Quelle nieder und ließ mir von einem Sklaven kostbare Speisen auftragen. Nachdem ich gegessen und getrunken hatte, schickte ich den

Diener wieder mit dem Tisch aufs Schiff zurück, ich aber erquickte mich an der klaren Luft, die mich umwehte, und schlief ein. Als ich erwachte, sah ich das Schiff nicht mehr und fand mich ganz allein, das Schiff war abgesegelt, und niemand hatte an mich gedacht. Da überfiel mich so großer Kummer und Ärger, dass mir fast die Galle zersprang, denn ich hatte keinerlei Lebensmittel noch sonst was bei mir, war innerlich und äußerlich erschöpft und verzweifelte am Leben. Ich gab mich allerlei Gedanken hin, seufzte und jammerte, schalt mich selbst, dass ich eine zweite Reise unternommen, da ich doch zu Hause mit meiner Familie bei größtem Überfluss an Speisen, Getränken und Kleidung in Ruhe hätte leben können. Ich bereute es, Bagdad verlassen und mich nochmals auf die See begeben zu haben, nachdem ich das erste Mal schon so viel gelitten und sogar ohne Gottes besondere Gnade umgekommen wäre. Ich geriet fast von Sinnen.

Zuletzt ergab ich mich in den Willen Gottes, ging eine Weile gedankenlos umher, dann stieg ich auf einen hohen Baum, um von da aus nach allen Seiten zu spähen, ob ich einen Menschen entdecke. Meine Blicke schweiften über die Meeresfläche hin, konnten jedoch nichts als Himmel und Wasser entdecken.

Endlich erblickte ich auf der Insel etwas Weißes. Ich stieg vom Baum und wendete mich nach der Seite, wo ich den Gegenstand meiner Aufmerksamkeit wahrgenommen hatte.

Schon in einiger Entfernung bemerkte ich, dass es eine außerordentlich große weiße Kugel war. Näher gekommen, berührte ich sie und fand, dass sie zarter als Seide war. Ich ging um dieselbe herum, um nach einer Öffnung zu sehen, ohne dass ich jedoch eine entdecken konnte; ich hielt es auch für unmöglich, hinaufzusteigen, da sie sehr glatt war. Sie konnte fünfzig Schritte im Umfang haben. Als die Sonne sich zum Untergang neigte, verfinsterte sich auf einmal die Luft, wie wenn sie von einer dunklen Wolke bedeckt gewesen wäre. Großes Erstaunen über diese Erscheinung befiel mich, denn wir waren im Sommer, ich entdeckte aber, dass sie von einem Vogel von außerordentlicher Größe herrührte. Es fiel mir bei, dass mir die Matrosen oft von einem Vogel, den sie Rock nannten, erzählt hatten und dass die große Kugel, die mich in ein solches Erstaunen versetzt hatte, ein Ei dieses Vogels sein müsse. In der Tat, er schlug sein Gefieder auseinander und ließ sich darauf nieder, gleichsam um es auszubrüten.

Als der Vogel auf dem Ei saß und seine Füße ausstreckte, erhob ich mich, band mich daran fest mit der Binde meines Turbans, denn ich dachte bei mir: Morgen wird der Vogel seinen Flug fortsetzen und könnte dich auf diese Weise von dieser verlassenen Insel auf bewohntes Land bringen, dann machst du die Binde wieder los, brauchst nicht mehr auf Inseln umherzuziehen und bist vor wilden Tieren sicher. So brachte ich die Nacht wachend zu. Am folgenden Morgen flog er, sobald der Tag anbrach, davon und trug mich tief in die Wolken hinein, dass ich nichts mehr unter mir sah; er schien das Gewicht, das an einem seiner Füße hing, durchaus nicht mehr zu spüren, als wenn eine Feder an seinen Krallen hinge; darauf stieg er aus der schreckhaften Höhe wieder herab mit einer Schnelligkeit, die mir die Besinnung raubte. Als er wieder mit mir Boden gefasst hatte, band ich schnell die Binde los, die mich an ihn gefesselt hatte. Kaum war mir dies jedoch gelungen, als er mit dem Schnabel eine Schlange von unerhörter Größe erfasste und mit ihr davonflog. Hierüber war ich sehr erstaunt und verlor meinen Mut. Nachdem ich mich wieder etwas gefasst hatte, stellte ich Betrachtungen über meine Lage an. Der Ort, wo ich mich befand, war ein großer Hügel, unter mir war ein großes, weites Tal, von allen Seiten mit Bergen umgeben, deren Spitzen sich in den Wolken verloren, sodass kein Auge sie sehen konnte noch jemand imstande war, sie zu ersteigen. Ich machte mir Vorwürfe über das, was ich getan, und sagte: Es gibt keinen Schutz und keine Macht, außer bei Gott, dem Erhabenen! Sowie ich einer Gefahr entgehe, gerate ich in eine andere.

Während ich im Tal umherging, entdeckte ich, dass dessen Boden aus Diamant bestand. Es ist ein sehr harter, fester Stein, den man weder mit Eisen noch mit Stahl brechen kann und der zum Zerschneiden von Porzellan und Perlen und Mineralien gekauft wird. In dem Tal gibt es auch eine große Anzahl Schlangen, so lang und dick wie ein großer Dattelbaum, sodass jede von ihnen einen Elefanten hätte verschlingen können. Während des Tages zogen sie sich in ihre Höhlen, aus Furcht vor dem Vogel Rock, zurück und kamen erst des Nachts zum Vorschein.

Ich ging im Tal umher, bis ich eine große Höhle erblickte, ich ging auf sie zu und trat hinein. Den Eingang, der nieder und eng war, verstopfte ich mit einem großen Stein. Als ich mich aber in der Höhle umsah, entdeckte ich eine große Schlange, welche auf Eiern von der Größe eines Elefanten lag. Ich konnte die ganze Nacht vor Furcht nicht schlafen, denn ich erblickte bald noch andere von gleicher Art. Doch nahm ich mich zusammen und hielt mich wach, bis der Tag anbrach und einen Schein in die Höhle warf, da schob ich den Stein von der Höhle weg, ging heraus und wandelte, vom langen Wachen und von Furcht wie eine Leiche aussehend, im Tal umher. Auf einmal fiel ein geschlachtetes Tier vom Berg herab. Als ich dies sah, fiel mir ein, was mir früher ein Kaufmann erzählt hatte: Es gibt einen Berg von Diamantstein, der aber so hoch ist, dass ihn niemand besteigen kann, die Kaufleute gebrauchen aber eine List, um sich Diamantsteine zu verschaffen. Sie schlachten ein Lamm, ziehen ihm die Haut ab und werfen das Fleisch in das Tal, sodass Steine an dem frischen Fleisch hängen bleiben. Wenn dann die Adler dieses Fleisch nehmen und damit auf die Höhe fliegen, so gehen die Landsleute auf die Adler los und zwingen sie durch starkes Geschrei, davonzufliegen und das Fleisch im Stich zu lassen, worauf die Kaufleute die Diamanten von den Fleischstücken lösen und mitnehmen und das Fleisch den Raubtieren überlassen. Sie bedienen sich dieser List, weil es kein anderes Mittel gibt, um Diamanten und Magnetsteine zu gewinnen.

Ich fing an, viele Diamanten zu sammeln und einzustecken. Ich nahm also das Stück Fleisch und band es mit dem Tuch meines Turbans an meine Brust fest. Bald kam ein Adler und fasste mit seinen Krallen dasjenige Stück, in das ich mich hineingebunden hatte, und trug es auf den Gipfel des Berges und wollte es verzehren, aber die Handelsleute, die in der Nähe waren, schrien laut und machten großen Lärm mit Brettern, um den Adler von seiner Beute zu verscheuchen, was ihnen auch gelang. Ich aber machte mich, sobald der Adler das Lamm verlassen hatte, los und blieb daneben stehen. Einer derselben näherte sich hierauf und suchte nach Steinen an dem Tier, und als er keine fand, schrie er: Wehe! Wehe! Alle meine Mühe war vergebens, meine Reise bringt mir keinen Vorteil. Als er dann seinen Blick auf mich warf, erschrak er. Ich sagte: »Fürchte nichts, mein Bruder, ich bin ein Mensch wie du, ich bin auf wunderbare Weise hierhergekommen. Auch sollst du keinen Schaden haben, ich besitze viele Diamantsteine und gebe dir mehr, als du an diesem Tier gefunden hättest, dem ich meine Rettung verdanke, da ich mit demselben auf diesen Berg gekommen bin, sei nur ohne Sorge!« Ich hatte nicht sobald geendigt, als die anderen Handelsleute, die mich bemerkt hatten, sich um mich versammelten und ihr Erstaunen, mich zu sehen, ausdrückten, das ich noch durch Erzählung meiner Geschichte vermehrte. Sie sagten mir, dass ein jeder von ihnen ein solches geschlachtetes Tier ins Tal werfe, und zeigten mir die Diamanten, die jeder gewonnen hatte. Da zog ich eine Handvoll aus meiner Tasche und gab sie dem Kaufmann, mit dessen Lamm ich auf den Berg gekommen war, und da es mehr war, als er gefunden hätte, freute er sich sehr und dankte mir. Die übrigen Diamanten verkaufte ich den Kaufleuten und ließ mir einen Beutel geben und legte das übrige Geld in einen Gurt, den ich bei mir trug. Ich reiste dann mit ihnen von Land zu Land und von Stadt zu Stadt, machte überall Geschäfte, bis wir glücklich in Basra anlangten.

Unter vielen Inseln, die wir durchwanderten, war auch eine, auf welcher der Kampferbaum wächst, der so dick und laubig ist, dass hundert Menschen in seinem Schatten Platz haben. Die Flüssigkeit, die den Kampfer gibt, fließt aus einer Öffnung, die man mit einer langen Lanze oben am Baum macht. Dieselbe sieht wie Milch aus, verdichtet sich wie Gummi und bildet den Saft des Baumes; nachdem die Flüssigkeit ausgelassen, dörrt der Baum und stirbt ab.

Auf der nämlichen Insel gibt es Rhinozeros, Tiere, größer und stärker als der Elefant, sie weiden wie Büffel, deren es viele Sorten auf dieser Insel gibt, und wie Stiere bei uns frei umher; sie tragen ein zehn Ellen langes starkes Horn, so dick wie ein Dattelbaum. Man sieht darauf Umrisse, die einen Menschen vorstellen. Das Rhinozeros schlägt sich, wie mir ein Reisender erzählt hat, mit dem Elefanten, durchbohrt ihm den Leib mit seinem Horn und trägt ihn auf seinem Kopf, ohne eine Last zu spüren, umher, bis er tot ist; bald jedoch fließt im Sommer bei der Hitze das Fett des Elefanten über seine Augen und macht sie blind. Darauf kommt der Vogel Rock, umfasst sie beide mit seinen Krallen, um sie in sein Nest zu tragen und seine Jungen damit zu füttern. Ich habe auf jener Insel noch andere Merkwürdigkeiten und Wunderdinge gesehen.

Als wir nach Basra kamen, hielten wir uns einige Tage auf, dann reisten wir nach Bagdad. Meine Familie freute sich über meine glückliche Ankunft, und meine Freunde beglückwünschten mich, und ich machte ihnen sowohl als meinen Nachbarn viele Geschenke, setzte wieder mein Handelsgeschäft fort mit allerlei Waren und Edelsteinen, derer ich mehr als früher besaß, schaffte mir schöne Diener an und ließ es wohl sein bei gutem Essen, Trinken und allerlei Zerstreuungen. Ich wurde wegen meiner Abenteuer bewundert und von jedem, der eine große Reise unternehmen wollte, zu Rat gezogen.

Hiermit schloss Sindbad die Erzählung seiner zweiten Reise.

Ernst Meier

Die Reise zum Vogel Strauss

Ein reicher Graf hatte einen Bedienten, der musste ihn begleiten sooft er eine Reise machte, und weil der Bursch immer treu, flink, fleißig und freundlich war, so hatte er ihn sehr gern. Indes einmal, als er wieder auf Reisen war, beging der Bediente ein kleines Versehen; darüber ward der Graf so zornig, dass er den Burschen nicht mehr vor Augen sehen mochte und ihn mit einem Brief an seine Frau heimschickte. In dem Brief aber stand, »die Gräfin solle den Bedienten sogleich einsperren und ihm den Kopf abschlagen lassen«.

Nun wusste der Bursch zwar nicht, was der Graf geschrieben, war aber doch sehr traurig, dass er so bös auf ihn geworden sei und ihn allein fortgeschickt hatte; und viel Gutes werde in dem Brief auch wohl nicht stehen, meinte er. Und wie er nun nur noch eine Tagreise bis zum Schloss des Grafen hatte und in einem Wirtshaus übernachtete, und abends ganz niedergeschlagen dasaß, fragte ihn der Wirt, woher er komme und wohin er gehe und was ihm fehle. Da erzählte er seine ganze Geschichte und zog zugleich den Brief des Grafen hervor. Der Wirt aber war ein pfiffiger Mann und sagte: den Brief gäbe ich nicht ab, wenn ich nicht wüsste, was darinstände, und beredete den Burschen, dass er ihn endlich aufbrach und las. Da sah er nun, dass der Graf ihn wollte umbringen lassen. Sprach zu ihm der Wirt: »Hat der Graf solche Gedanken gegen dich, so wollen wir ihm einen noch ganz anderen Streich spielen; jetzt lass du mich nur machen.« Und sogleich nahm der Wirt Papier und Feder und Tinte und machte ganz genau die Handschrift des Grafen nach und schrieb an die Gräfin, »dass sie den Bedienten, sobald er heimkomme, mit ihrer Tochter verheiraten solle«.

Das Ding schien dem Bedienten zwar gefährlich; allein da ihm der Graf doch einmal nach dem Leben trachte, so wolle er ihm auch erst einen rechten Anlass geben und sich, wenn es angehen möchte, mit seiner Tochter verheiraten, meinte er; und wie er so an die junge Gräfin dachte, wurde er plötzlich wieder so vergnügt, dass er am andern Morgen ganz früh aufbrach, um so bald als möglich zu ihr zu kommen.

Nachdem er den Brief abgegeben, tat die Gräfin sogleich, wie ihr Mann es befohlen; denn sie wusste, er war ein strenger Herr und konnte keine Widerrede leiden, sonst hätte sie ihm gar zu gern Vorstellungen darüber gemacht, dass sie doch ihre einzige Tochter nicht einem Bedienten zur Frau geben dürfe. Die Tochter aber war ganz wohl damit zufrieden, und so wurde sie richtig mit dem Bedienten ihres Vaters verheiratet.

Als der Graf nun nach einiger Zeit zurückkam und erfuhr,

was seine Frau angerichtet, da hätte er vor Ärger und Zorn sich alle Haare ausreißen mögen und würde gewiss seine Frau umgebracht oder fortgejagt haben, wenn die Schrift nicht so treu nachgeahmt gewesen wäre, dass er gestehen musste: »Die Buchstaben sind so verdammt ähnlich, dass ich selbst den Brief hätte für echt halten können.« – Nun aber warf er einen noch viel größeren Hass auf den Bedienten, der sein Schwiegersohn geworden, und suchte ihn auf eine andre Art zugrunde zu richten. Er tat um der Leute willen, als ob er mit der Heirat einverstanden sei, zumal da die Tochter sich ganz glücklich fühlte, sagte aber zu seinem Schwiegersohn: »Ich gebe nur unter der Bedingung meine Einwilligung, dass du mir nachträglich noch eine Feder aus dem Schwanz des Vogel Strauß holst.« O das wollte er recht gern tun, sagte der Schwiegersohn. »Und für mich«, sagte die Gräfin, »frag den Vogel Strauß, wo mein Trauring geblieben sei.« Das wollte er auch wohl tun, sagte er und nahm Abschied von seiner jungen Frau und machte sich sogleich auf den Weg. Da freute sich der Graf schon im Stillen; denn er meinte nicht anders, als der Vogel Strauß werde ihn zerreißen und auffressen.

Wie er nun schon ein gut Stück Wegs zurückgelegt hatte, kam er durch ein Dorf; und als die Leute ihn fragten, wo er hinwolle, und er es ihnen sagte, da baten sie ihn: »O frag doch den Vogel Strauß auch, warum denn unser Dorfbrunnen gar nicht mehr laufen will.« Ja, das wollte er tun, sagte er und ging weiter. – Nachdem er wieder eine weite, weite Strecke gegangen war, kam er an einen breiten Fluss, über den führte keine Brücke; aber ein Mann stand da, der musste jeden, der daherkam, hinübertragen und trug auch den Burschen sogleich hinüber und fragte ihn dann, wo er hinreise? »Zum Vogel Strauß«, sagte er. »O so vergiss doch nicht und frag ihn, wie lange ich hier noch die Menschen hinübertragen müsse und wann ich endlich erlöst sein werde?« Nein, er wollte es nicht vergessen und ihn schon fragen, sagte er und ging weiter.

Nun musste unser Wandersmann zwar noch durch vieler Herren Länder; aber endlich und endlich kam er an ein kleines Häuschen, da traf er ein altes Mütterchen, und das fragte er: ob hier nicht der Vogel Strauß wohnte? Ja, der wohnte da, sagte sie; er sei aber ausgegangen, und das sei nur ein Glück, denn sonst würde er ihn gewiss zerreißen; deshalb solle er nur geschwind machen, dass er wieder fortkomme. Als der junge Mann ihr nun aber sagte, was er alles von dem Vogel Strauß wissen sollte und dass er auch eine von seinen schönen Schwungfedern dem Grafen bringen müsse und deshalb nicht fortgehen dürfe, da versprach das Mütterchen, es wolle ihm beistehen und ihm durchhelfen, und versteckte ihn dann unter dem Bett.

Als der Vogel Strauß nun nach Haus kam, rief er sogleich: »Du hast Menschenfleisch hier; ich riech's; gib's her!« – »Nur gemach!«, sagte das Mütterchen; »es ist freilich ein Mensch hier gewesen, der wollte allerlei von dir wissen, was du ihm doch nicht hättest sagen können.« – »Das wäre doch!«, sagte der Strauß. »Was wollte er denn wissen?« – »Ach«, sagte das Mütterchen, »die Frau des Grafen lässt dich fragen, wo ihr Brautring geblieben sei, und meint, das wüsstest du.« – »Nun, ich weiß es auch; die dumme Frau dürfte nur die Türschwelle aufbrechen, so würde sie ihn finden; denn da ist der Ring durch einen Spalt hineingefallen. – Hat er sonst noch was wissen wollen?« – »Ja, warum der Dorfbrunnen schon so lange nicht mehr laufe; aber das weißt du gewiss nicht.« – »Nun, ich weiß es freilich«, sagte der Strauß; »die einfältigen Bauern dürften nur den Frosch wegnehmen, der die Quelle verstopft, da würde der Brunnen schon wieder laufen.« – »Was du nicht alles weißt!«, sagte das Mütterchen. »Aber das hättest du ihm doch gewiss nicht sagen können, warum der Mann beständig die Leute übers Wasser tragen muss und wann ihn einmal jemand ablösen wird.« – »O der Narr!«, sagte der Strauß; »er sollte nur den ersten Besten, den er herüberträgt, ins Wasser werfen und sagen: jetzt nimm du meinen Platz ein!, so wäre er frei. – Hat er weiter nichts gewollt?« – »O ja«, sagte das Mütterchen; »er wollte für den Grafen etwas von dir geschenkt haben; aber das war gar zu dumm, ich mag's nicht einmal sagen.« – »O sag's nur!«, rief der Strauß, »ich möchte es doch wissen.« – »Gibst du mir's, wenn ich es dir sage?«, sprach das Mütterchen. »Ei warum nicht? Sag's nur schnell!« Da sprach das Mütterchen: »Er wollte eine von deinen Schwungfedern.« Da machte der Strauß zwar ein grimmiges Gesicht; weil er's aber versprochen hatte, so riss er sich doch eine Feder aus und gab die dem Mütterchen und dachte nun nicht mehr an den Burschen, der die Nacht ganz wohlgemut unter dem Bett zubrachte.

Am andern Morgen, sobald der Vogel Strauß ausgegangen war, rief das Mütterchen den Burschen und fragte ihn, ob er auch alles wohl gehört und verstanden habe, was der Strauß ihr gesagt? Ja, er hatte es gut gehört und sich gemerkt. Dann gab sie ihm die Feder, und er bedankte sich viel, viel Mal und trat vergnügt seine Rückreise an.

Als er nun an das Wasser kam und der Mann ihn hinübertrug, fragte der, was der Vogel Strauß gesagt habe. »Bring mich nur erst hinüber!«, sprach der Bursch; und als er am andern Ufer stand, sagte er: »Den nächsten, den du tragen musst, den wirf ins Wasser und sprich: jetzt nimm du meinen Platz ein!, dann bist du erlöst.« – »Das hätte ich eher wissen sollen«, brummte er vor sich hin. Der Bursch aber ging tapfer weiter und kam dann auch bald in das Dorf und sagte den Bauern, sie sollten nur den Frosch aus dem Brunnen nehmen, und als sie das taten, lief der Brunnen wieder ganz prächtig. Da schenkten sie dem Reisenden dreihundert Gulden als Belohnung für seine Mühe.

Nach vielen, vielen Wochen kam er endlich wieder in das Schloss, dass der Graf sich nicht genug verwundern konnte. Dann sagte er der Schwiegermutter: ihr Trauring liege unter der Türschwelle, und als sie die aufbrechen ließ, lag er richtig da. Dem Grafen aber sagte er: »der Vogel Strauß lässt dich freundlich grüßen und schickt dir da eine goldene Feder; wenn du selbst aber einmal zu ihm kommen möchtest, so solltest du so viele Schätze haben, als du nur mitnehmen könntest.« Da dachte der Graf, die Einladung müsse er annehmen, denn die goldene Feder war gar zu schön und er hätte gern deren noch mehre gehabt, ließ sich deshalb von seinem Schwiegersohn den Weg genau beschreiben und trat sogleich die Reise zum Vogel Strauß an.

Nun kam er auch glücklich bis an ein Wasser, über das keine Brücke führte; aber alsbald trat ein Mann hervor und fragte, ob er ihn hinübertragen solle. Ja, er möchte es doch tun, sagte der Graf, denn er wolle zum Vogel Strauß. Da nahm ihn der andere auf den Rücken und trug ihn bis in die Mitte und – plumps! warf er ihn ins Wasser und sagte: »Jetzt nimm du meinen Platz ein!« und machte, dass er fortkam. Der Graf krabbelte sich zwar bald wieder heraus, konnte aber nicht weiter und musste nun dableiben und die Leute durchs Wasser tragen, und wenn ihn keiner abgelöst hat, so muss er's noch heute tun. Sein Bedienter lebte indes seelenvergnügt mit der jungen Gräfin und bekam alsbald die ganze Grafschaft, und wenn ihn niemand daraus vertrieben hat und er nicht etwa gestorben ist, so lebt er noch darin.

Die Vogelhochzeit

Volksweise in der Fassung von
Heinrich Hoffmann von Fallersleben

Ein Vogel wollte Hochzeit machen
in dem grünen Walde.
Fiderallala, fiderallala, fiderallalalala.

Die Drossel war der Bräutigam,
die Amsel war die Braute.
Fiderallala, fiderallala usw.

Der Sperber, der Sperber,
der war der Hochzeitswerber.

Der Stare, der Stare,
der flocht der Braut die Haare.

Die Gänse und die Anten,
die war'n die Musikanten.

Der Spatz, der kocht das Hochzeitsmahl,
verzehrt die schönsten Bissen all.

Der Uhu, der Uhu,
der bringt der Braut die Hochzeitsschuh'.

Der Kuckuck schreit, der Kuckuck schreit,
er bringt der Braut das Hochzeitskleid.

Der Seidenschwanz, der Seidenschwanz,
der bracht' der Braut den Hochzeitskranz.

Der Sperling, der Sperling,
der bringt der Braut den Trauring.

Die Taube, die Taube,
die bringt der Braut die Haube.

Der Wiedehopf, der Wiedehopf,
der bringt der Braut nen Blumentopf.

Die Lerche, die Lerche,
die führt die Braut zur Kerche.

Brautmutter war die Eule,
nahm Abschied mit Geheule.

Der Auerhahn, der Auerhahn,
der war der stolze Herr Kaplan.

Die Meise, die Meise,
die singt das Kyrieleise.

Die Puten, die Puten,
die machten breite Schnuten.

Der Pfau mit seinem bunten Schwanz
macht mit der Braut den ersten Tanz.

Die Schnepfe, die Schnepfe,
setzt auf den Tisch die Näpfe.

Die Finken, die Finken,
die gaben der Braut zu trinken.

Der lange Specht, der lange Specht,
der macht der Braut das Bett zurecht.

Das Drosselein, das Drosselein,
das führt die Braut ins Kämmerlein.

Der Uhu, der Uhu,
der macht die Fensterläden zu

Der Hahn, der krähet: »Gute Nacht«,
nun wird die Kammer zugemacht.

Die Vogelhochzeit ist nun aus,
die Vögel fliegen all' nach Haus.

Das Käuzchen bläst die Lichter aus
und alle ziehn vergnügt nach Haus.
Fiderallala, fiderallala, fiderallalalala.

Heinrich Hoffmann von Fallersleben

Der Fink

»Da spring' ich, nun sing' ich
Pink pinkpinkpink pinkpinkpink
Pinkpinpink pink,
Da flieg' ich, nun krieg' mich!
Pink pinkpinkpink pinkpinkpink
Pinkpinpink pink.«
Flink flink flink
Ist fort der Fink
Und rufet noch immer
Pink pink pink.

Heinrich Hoffmann von Fallersleben

Des Frühlings Ball

Frühling sprach zu der Nachtigall:
Ich will euch geben einen Ball.
Lade, Nachtigall, alle ein,
Alle Vögel groß und klein,
Alle Vögel, alle!

Und da kamen die Vögel all
Zum Frühlingsball mit Sang und Schall:
Kuckuck, Wiedehopf, Elster, Star,
Reiher, Rabe, Strauß und Aar,
Drossel, Fink und Zeisig.

Und sie tanzten im Blumenduft
Bei Sonnenschein und linder Luft,
Tranken würzigen Blütenmost,
Schmausten lauter feine Kost,
Teure, selt'ne Sachen.

Als der Abend begann zu nah'n,
Da sprach zur Nachtigall der Hahn:

»Jetzo wird wohl das Beste sein,
Wenn wir Vögel groß und klein
Gehen heim zu Neste.

Aber billig vor allem ist,
Dass man des Wirtes nicht vergisst.
Lasst uns, Vöglein groß und klein,
Kikriki! recht dankbar sein:
Vivat hoch, Herr Frühling!«

Friedrich Hebbel

Meisenglück

Aus dem gold'nen Morgen-Qualm
Sich herniederschwingend,
Hüpft die Meise auf den Halm,
Aber noch nicht singend.

Doch der Halm ist viel zu schwach,
Um nicht bald zu knicken,
Und nur, wenn sie flattert, mag
Sie sich hier erquicken.

Ihre Flügel braucht sie nun
Flink und unverdrossen,
Und indes die Füßchen ruh'n,
Wird ein Korn genossen.

Einen kühlen Tropfen Tau
Schlürft sie noch daneben,
Um mit Jubel dann ins Blau'
Wieder aufzuschweben.

Theodor Storm

Die Möwe und mein Herz

Hin gen Norden zieht die Möwe,
Hin gen Norden zieht mein Herz;
Fliegen beide aus mitsammen,
Fliegen beide heimatwärts.

Ruhig, Herz! du bist zur Stelle;
Flogst gar rasch die weite Bahn –
Und die Möwe schwebt noch rudernd
Überm weiten Ozean.

Heinrich Heine

Im Anfang war die Nachtigall

»Im Anfang war die Nachtigall
Und sang das Wort: Züküht! Züküht!
Und wie sie sang, spross überall
Grüngras, Violen, Apfelblüt.

Sie biss sich in die Brust, da floss
Ihr rotes Blut, und aus dem Blut
Ein schöner Rosenbaum entspross;
Dem singt sie ihre Liebesglut.

Uns Vögel all in diesem Wald
Versöhnt das Blut aus jener Wund;
Doch wenn das Rosenlied verhallt,
Geht auch der ganze Wald zugrund.«

So spricht zu seinem Spätzelein
Im Eichennest der alte Spatz;
Die Spätzin piepet manchmal drein,
Sie hockt auf ihrem Ehrenplatz.

Sie ist ein häuslich gutes Weib
Und brütet brav und schmollet nicht;
Der Alte gibt zum Zeitvertreib
Den Kindern Glaubensunterricht.

August von Platen

Ihr Vögel in den Zweigen schwank

Ihr Vögel in den Zweigen schwank,
Wie seid ihr froh und frisch und frank,
Und trillert Morgenchöre:
Ich fühle mich im Herzen krank,
Wenn ich's von unten höre.

Ein Stündchen schleich ich bloß heraus
In euer ästig Sommerhaus,
Und muss mich des beklagen:
Ihr lebet stets in Saus und Braus,
Seht's nachten hier und tagen.

Ihr sucht der Bäume grünes Dach,
Der Wiese Schmelz, den Kieselbach,
Ihr flieht vor Stadt und Mauer,
Und lasst die Menschen sagen ach!
In ihrem Vogelbauer.

Conrad Ferdinand Meyer

Möwenflug

Möwen sah um einen Felsen kreisen
Ich in unermüdlich gleichen Gleisen,
Auf gespannter Schwinge schweben bleibend,
Eine schimmernd weiße Bahn beschreibend,
Und zugleich in grünem Meeresspiegel
Sah ich um dieselben Felsenspitzen
Eine helle Jagd gestreckter Flügel
Unermüdlich durch die Tiefe blitzen.
Und der Spiegel hatte solche Klarheit,
Dass sich anders nicht die Flügel hoben
Tief im Meer als hoch in Lüften oben,
Dass sich völlig glichen Trug und Wahrheit.

Allgemach beschlich es mich wie Grauen,
Schein und Wesen so verwandt zu schauen,
Und ich fragte mich, am Strand verharrend,
Ins gespenstische Geflatter starrend:
Und du selber? Bist du echt beflügelt?
Oder nur gemalt und abgespiegelt?
Gaukelst du im Kreis mit Fabeldingen?
Oder hast du Blut in deinen Schwingen?

Berthold Auerbach

Barfüssele

Das Waisenkind Amrei, von allen Barfüßele genannt, lebt in einem Schwarzwälder Dorf bei einer Pflegemutter, der schwarzen Marann'. Das Mädchen ist mit reicher Fantasie begabt.

Über alles menschliche Getriebe hinüber wurde Amrei doch oft ins Reich der Träume getragen. Wie die Lerchen in der Luft singen und jubeln und nichts davon wollen: wo ist die Grenze des Ackers von diesem und jenem? Ja, wie sie sich hinwegschwingen über die Grenzpfähle ganzer Länder, so wusste die Seele des Kindes nichts mehr von den Schranken, die das beengte Leben der Wirklichkeit setzt. Das Gewohnte wird zum Wunder, das Wunder wird zum Alltäglichen. Horch, wie der Kuckuck ruft! Das ist das lebendige Echo des Waldes, das sich selbst ruft und antwortet; und jetzt sitzt der Vogel über dir im Holzbirnenbaum, darfst aber nicht aufschauen, sonst fliegt er fort. Wie er so laut ruft, so unermüdlich, wie weit das tönt, wie weit man das hört. Der kleine Vogel hat eine stärkere Stimme als ein Mensch. Setz dich auf den Baum, ahme ihn nach, man hört dich nicht so weit als den faustgroßen Vogel. Still, vielleicht ist es doch ein verzauberter Prinz, und plötzlich fängt er an zu reden. Ja, gib du mir nur Rätsel auf, lass mich nur besinnen, ich finde schon die Auflösung, und dann erlöse ich dich, und wir ziehen in dein goldenes Schloss und nehmen die schwarze Marann' und den Dami mit, und der Dami heiratet die Prinzessin, deine Schwester; und wir lassen den Johannes von der schwarzen Marann' in der ganzen Welt suchen, und wer ihn findet, kriegt ein Königreich. Ach, warum ist denn das alles nicht wahr? und warum hat man denn das alles ausgedacht, wenn es nicht wahr ist?

Während die Gedanken Amreis über alle Grenzen hinausgegangen waren, fühlten sich auch die Gänse unbeschränkt und taten sich gütlich an benachbarten Klee- oder gar Gersten- und Haferäckern. Aus ihren Träumen erwachend, scheuchte dann Amrei mit schwerer Mühe die Gänse wieder zurück, und wenn diese Freibeuter bei ihrem Regimente angekommen waren, wussten sie gar viel zu erzählen von dem gelobten Lande, wo sie sich gütlich getan; da war des Erzählens und Schnatterns kein Ende, und noch lange sprach da und dort eine Gans wie träumend ein bedeutsames Wort vor sich hin, und da und dort steckte eine den Schnabel unter die Flügel und träumte in sich hinein.

Und wieder trug es Amrei hinaus. Schau, dort fliegen die Vögel; kein Vogel in der Luft strauchelt, auch die Schwalbe nicht in ihrem Kreuzfluge; immer sicher, immer frei. O! wer nur auch fliegen könnte! Wie müsste die Welt aussehen von da oben, wo die Lerche ist. Juchhe! Immer höher, immer höher und weiter und weiter! Ich fliege in die weite Welt zu der Landfriedbäuerin und sehe, was sie macht, und frage, ob sie noch mein gedenkt.

»Gedenkst du mein in fernen Landen?«

So sang Amrei plötzlich aus all dem Denken, Schwirren und Sinnen heraus. Und ihr Atem, der beim Gedanken des Fluges rascher gegangen war, als schwebte sie schon wirklich in höherer Luftschicht, wurde wieder ruhig und gemessen.

(…)

Die Wachtel schlug bereits im hohen Roggenfelde, und neben Amrei sang fast einen ganzen Tag unaufhörlich eine Feldlerche am Boden, sie wanderte hin und her und sang immer so innig, so ins tiefste Herz hinein, es war ein Saugen der Lebenslust. Das klang noch viel schöner als die Töne der Himmelslerche, die sich aufschwingt in die Luft, und oftmals kam der Vogel ganz nahe, und Amrei sagte fast laut vor sich hin: »Warum kann ich dir's nicht sagen, dass ich dir nichts tun will? Bleib nur da!« Aber der Vogel war scheu und versteckte sich immer wieder. Und Amrei sagte schnell überlegt vor sich hin: »Es ist doch wieder gut, dass die Vögel scheu sind, man könnte ja sonst die diebischen Sperlinge nicht vertreiben.« Als am Mittag die Marann' kam, sagte Amrei: »Ich möcht' nur wissen, was so ein Vogel den lieben langen Tag zu sagen hat, und er schwätzt sich gar nicht aus.«

Darauf erwiderte die Marann': »Schau, so ein Tierlein kann nichts bei sich behalten und in sich hineinreden; im Menschen aber spricht sich immer etwas in ihm fort, das hört auch nie auf, aber es wird nicht laut; da sind Gedanken, die singen, weinen und reden, aber ganz still, man hört's selber kaum; so ein Vogel aber, wenn er zu singen aufgehört hat, ist fertig und frisst oder schläft.«

Als die schwarze Marann' mit ihrer Holztraget fortging, schaute ihr Amrei lächelnd nach: »Die ist jetzt ein stillsingender Vogel«, dachte sie, und niemand als die Sonne sah, wie das Kind noch lange vor sich hinlächelte.

Tag auf Tag lebte Amrei so dahin; stundenlang konnte sie träumerisch zusehen, wie der Schatten vom Gezweig des Holzbirnenbaums sich von dem Winde auf der Erde bewegte, dass die dunkeln Punkte wie Ameisen durcheinanderkrochen, dann starrte sie wieder auf eine feststehende Wolkenbank, die am Himmel glänzte, oder auf jagende flüchtige Wolken, die einander fortschoben. Und wie draußen im weiten Raume, so standen und jagten, stiegen und zerflossen auch in der Seele des Kindes allerlei Wolkenbilder, unfasslich und nur vom Augenblick Dasein und Gestalt empfangend. Wer aber weiß, wie die Wolkenbildungen draußen in der Weite und im engen Herzensraum zerfließen und sich wandeln?

Wenn der Frühling anbricht über der Erde, du kannst nicht fassen all das tausendfältige Keimen und Sprossen auf dem Grunde, all das Singen und Jubeln auf den Zweigen und in den Lüften. Eine einzige Lerche fasse fest mit Auge und Ohr, sie schwingt sich auf, eine Weile siehst du sie noch, wie sie die Flügel schlägt, eine Weile unterscheidest du sie noch als dunkeln Punkt, dann aber ist sie verschwunden; du hörst nur noch ein Singen und weißt nicht, von wannen es kommt. Und könntest du nur einer einzigen Lerche im freien Raume einen ganzen Tag lauschen, du würdest hören, dass sie am Morgen, am Mittag und am Abend ganz anders singt; und könntest du ihr nachspüren vom ersten zaghaften Frühlingsjauchzen an, du würdest hören, wie ganz andere Töne sie im Frühling, im Sommer und im Herbste in ihren Gesang mischt. Und schon über den ersten Stoppelfeldern singt eine neue Lerchenbrut.

Und wenn der Frühling anbricht in einem Menschengemüte, wenn die ganze Welt sich auftut, vor ihm, in ihm, du kannst die tausend Stimmen, die es umfließen, das tausendfältige Knospen auf dem Grunde und wie es immer weiter gedeiht, nicht fassen und festhalten. Du weißt nur noch, dass es singt, dass es sprosst.

Selma Lagerlöf

Die wunderbare Reise des kleinen Nils Holgersson mit den Wildgänsen

Auf einem kleinen Bauernhof im Süden Schwedens lebt Nils Holgersson. Er macht seinen Eltern nur Kummer, denn er ist faul und böse. Eines Tages wird Nils zur Strafe für einen bösen Streich an einem Kobold selbst in einen Kobold verwandelt.

Der Junge kroch auf den breiten Steinwall hinauf, der das Grundstück umgab und der mit Dornen und Brombeerranken bewachsen war. Da setzte er sich hin, um darüber nachzudenken, wie es werden sollte, wenn er nie wieder ein Mensch würde. Wenn nun der Vater und die Mutter aus der Kirche nach Hause kämen, würde große Verwunderung herrschen. Ja, im ganzen Lande würde man sich verwundern, und aus Ost-Vemmenhög und aus Torp und aus Skurup würden Leute kommen; aus der ganzen Vemmenhöger Heide würde man kommen, um ihn zu sehen. Und vielleicht würden der Vater und die Mutter ihn nach dem Kiriker Markt mitnehmen und ihn für Geld sehen lassen.

Nein, das war schrecklich zu denken. Er wollte nur wünschen, dass ihn nie ein Mensch mehr zu sehen bekam.

Es war schrecklich, wie unglücklich er war. Niemand in der ganzen Welt war so unglücklich wie er. Er war kein Mensch mehr, sondern ein Ungetüm.

Nach und nach ward es ihm klar, was es hieß, dass er kein Mensch mehr war. Jetzt war er von allem getrennt: er konnte nicht mit anderen Knaben spielen, er konnte das Haus nicht nach den Eltern übernehmen, und er konnte nun gar kein Mädchen bekommen, um sich mit ihr zu verheiraten.

Er saß da und betrachtete sein Heim. Es war ein kleines, weißgetünchtes Fachwerkhaus, das unter dem hohen, schrägen Strohdach wie in die Erde hineingedrückt dalag. Die Nebengebäude waren ebenfalls klein, und die Felder waren so schmal, dass ein Pferd nur mit genauer Not darauf umwenden konnte. Aber wie klein und ärmlich das Haus auch war, jetzt war es doch zu gut für ihn. Er konnte kein anderes Haus verlangen als ein Loch unter dem Fußboden im Stall.

Das Wetter war so wunderbar schön. Es sickerte und es sprosste und es zwitscherte rings um ihn her. Er aber saß in tiefem Kummer da. Er konnte sich nie wieder über irgendetwas freuen.

Nie hatte er den Himmel so blau gesehen wie heute. Und Zugvögel kamen dahergesaust. Sie kamen aus dem Ausland und waren über die Ostsee gereist, sie waren gerade auf Smygehuk zugesteuert, und jetzt waren sie auf dem Wege gen Norden. Da waren sicher viele verschiedene Arten, aber er konnte keine andere erkennen als die wilden Gänse; sie kamen in zwei langen Reihen geflogen, die sich in einem Winkel trafen.

Es waren schon mehrere Scharen von wilden Gänsen vorübergeflogen. Sie flogen hoch oben, aber er konnte sie doch rufen hören: »Jetzt geht's in die Berge! Jetzt geht's in die Berge!«

Als die wilden Gänse die zahmen Gänse sahen, die auf dem Hofe herumwatschelten, senkten sie sich zur Erde herab und riefen: »Kommt mit! Kommt mit!«

Die zahmen Gänse konnten sich nicht enthalten, einen langen Hals zu machen und zu horchen. Aber sie antworteten ganz vernünftig: »Wir haben es gut, so wie wir es haben. Wir haben es gut, so wie wir es haben.«

Es war, wie gesagt, ein wunderbar schöner Tag mit einer Luft, in der zu fliegen eine wahre Freude sein musste, so frisch und so leicht. Und mit jeder neuen Schar von wilden Gänsen, die vorüberflog, wurden die zahmen Gänse mehr und mehr unruhig. Ein paarmal schlugen sie mit den Flügeln, als hätten sie Lust, mitzufliegen. Aber dann sagte immer eine alte Gänsemutter: »Seid doch nicht verrückt! Die da oben werden noch frieren und hungern.«

Einen jungen Gänserich erfasste eine heftige Reiselust bei all dem Rufen. »Wenn noch eine Schar kommt, fliege ich mit«, sagte er.

Und dann kam eine neue Schar, die ebenso rief wie die andere. Da schrie der junge Gänserich: »Wartet! Wartet! Ich komme.«

Er breitete die Flügel aus und schwang sich in die Luft hinauf, aber das Fliegen war ihm etwas so Ungewohntes, dass er wieder auf die Erde zurücksank.

Die wilden Gänse mussten seinen Ruf aber doch gehört haben. Sie kehrten um und flogen langsam zurück, um zu sehen, ob er kam.

»Wartet! Wartet!«, rief er und machte einen neuen Versuch.

Dies alles hörte der Junge, während er da auf dem Steinwall lag. »Es würde wirklich schlimm sein«, dachte er, »wenn der große Gänserich davonfliegt. Vater und Mutter würden sehr ärgerlich darüber sein, falls er weg wäre, wenn sie aus der Kirche kommen.«

Während er so dachte, vergaß er abermals ganz, dass er klein und ohnmächtig war. Er sprang von dem Steinwall mitten in die Gänseschar hinein und schlang den Arm um den Gänserich. »Du sollst es schon lassen, fortzufliegen!«, sagte er.

Aber gerade im selben Augenblick hatte der Gänserich entdeckt, wie er es anfangen musste, um sich von der Erde emporzuheben. Er hatte keine Zeit, den Jungen abzuschütteln, der musste mit ihm in die Luft hinauf.

Es ging so schnell aufwärts, dass dem Jungen die Luft wegblieb. Ehe es ihm klar wurde, dass er den Hals des Gänserichs freigeben musste, war er so hoch oben, dass er sich totgefallen hätte, wenn er heruntergestürzt wäre.

Das Einzige, was er tun konnte, um seine Lage ein wenig zu verbessern, war ein Versuch, auf den Rücken des Gänserichs hinaufzukommen. Er arbeitete sich wirklich da hinauf, wenn auch nicht ohne Mühe. Und es war auch keine leichte Sache, auf dem platten Rücken zwischen den beiden schwingenden Flügeln festzusitzen. Er musste mit beiden Händen einen tiefen Griff in Federn und Flaumen hineinmachen, um nicht abzufallen.

Dem Jungen ward es so schwindelig, dass er lange nicht wusste, wie ihm war. Die Luft sauste und pfiff ihm entgegen, die Flügel bewegten sich, und es brauste in den Federn wie ein wahrer Sturm. Dreizehn Gänse flogen um ihn herum, und alle schlugen sie mit den Flügeln und schnatterten. Es flimmerte ihm vor den Augen, und es sauste ihm in den Ohren. Er wusste nicht, ob sie hoch oder niedrig flogen oder wohin es mit ihnen ging.

Endlich kam er so weit zu sich, dass er begriff, er müsse sich klar darüber werden, wohin die Gänse mit ihm flogen. Aber das war nicht so leicht, denn er wusste nicht, woher er den Mut nehmen sollte, hinabzusehen. Er war fest überzeugt, dass ihn schwindeln würde, wenn er es versuchte.

Die wilden Gänse flogen nicht so sehr hoch, da der neue Reisekamerad nicht in der allerdünnsten Luft atmen konnte. Um seinetwillen flogen sie auch ein wenig langsamer als sonst.

Schließlich zwang der Junge sich doch, einen Blick auf die Erde hinabzuwerfen. Und es schien ihm, als liege unter ihm ein großes Tuch ausgebreitet, das in eine unglaubliche Menge kleiner und großer Würfel eingeteilt war.

»Wo in aller Welt bin ich nur hingekommen«, dachte er.

Er sah nichts anderes als Würfel an Würfel. Einige waren schief und einige waren länglich, aber überall waren da Ecken und gerade Seiten. Nichts war rund und nichts war gekrümmt.

»Was ist das doch für ein großes, gewürfeltes Tuch, das ich da unten sehe?«, sagte der Knabe zu sich selbst, ohne eine Antwort von irgendjemand zu erwarten. Aber die wilden Gänse, die rings um ihn herumflogen, riefen sogleich: »Äcker und Wiesen. Äcker und Wiesen.«

Da begriff er, dass das große, gewürfelte Tuch das flache schonensche Land war, über das er hinflog. Und es ward ihm nach und nach klar, woher es so vielfarbig und gewürfelt aussah. Die hellgrünen Würfel erkannte er zuerst, das waren die Roggenfelder, die im Herbst besät waren und sich grün unterm Schnee gehalten hatten. Die gelblichgrauen Würfel waren Stoppelfelder, auf denen im letzten Sommer Korn gewachsen war, die bräunlichen waren Kleewiesen, und die schwarzen waren leere Rübenäcker oder umgepflügte Brachfelder. Die braunen Würfel mit den gelben Rändern waren wohl Buchenwälder, denn in denen sind die großen Bäume, die mitten im Walde stehen, im Winter kahl, die kleinen Buchen aber, die am Waldrande wachsen, behalten die trockenen, gelben Blätter bis ganz in den Frühling hinein. Da waren auch dunkle Würfel mit Grau in der Mitte: das waren die großen, zusammengebauten Gehöfte mit den dunklen Strohdächern und den gepflasterten Höfen. Und dann waren da Würfel, die in der Mitte grün schimmerten und eine Kante von Braun hatten; das waren die Gärten, in denen die Rasenplätze schon zu grünen anfingen, obwohl die Büsche und die Bäume rings um sie herum noch mit der kahlen, braunen Rinde dastanden.

Der Junge konnte sich eines Lachens nicht enthalten, als er sah, wie gewürfelt alles war.

Aber als die wilden Gänse hörten, dass er lachte, riefen sie gleichsam tadelnd: »Fruchtbares, gutes Land. Fruchtbares, gutes Land.«

Der Junge war schon wieder ernsthaft geworden. »Dass du lachen kannst!«, dachte er, »du, dem das Allerschrecklichste widerfahren ist, was einem Menschen widerfahren kann!«

Er hielt sich eine Weile ernsthaft, bald musste er aber wieder lachen.

Allmählich, als er sich an den Sitz und die Fahrt gewöhnt hatte, sodass er an etwas anderes denken konnte als nur daran, wie er sich auf dem Rücken des Gänserichs festhalten sollte, fiel es ihm auf, wie voll die Luft von Vogelscharen war, die nordwärts flogen. Und da war ein Schreien und Rufen von einem Schwarm zum andern. »Also ihr seid heute auch übers Wasser gekommen«, riefen einige. – »Ja, das sind wir«, antworteten die Gänse. »Wie denkt ihr, dass es mit dem Frühling steht?« – »Nicht ein Blatt an den Bäumen und kaltes Wasser in den Seen«, lautete die Antwort.

Wenn die Gänse über einen Ort dahinflogen, wo zahmes Federvieh draußen war, riefen sie: »Wie heißt der Hof? Wie heißt der Hof?« Und der Hahn machte einen langen Hals und antwortete: »Der Hof heißt Kleinhof, heut wie vorm Jahr, heut wie vorm Jahr.«

Die meisten Häuser hatten ja ihren Namen nach dem Besitzer, wie das in Schonen Sitte und Gebrauch ist, aber statt zu antworten, dass es Per Matssons oder Ola Bossons Haus sei, gaben ihnen die Hühner andere Namen, die sie passend fanden. Hähne, die auf ärmliche Anwesen der Häuslereien gehörten, riefen: »Dieser Hof heißt Grützlos.« Und andere, die zu den allerärmsten Hütten gehörten, riefen: »Dies Haus heißt: Kauewenig, Kauewenig, Kauewenig.«

Die großen, wohlhabenden Bauernhöfe bekamen ihre Namen von den Hühnern, wie Glücksfeld, Eierberg und Geldheim.

Aber die Hähne auf den Rittergütern waren viel zu hochmütig, um sich etwas Amüsantes auszudenken. Einer von ihnen krähte und schrie mit einer Kraft, als wolle er, dass man ihn ganz bis zur Sonne hinauf hören sollte: »Dies ist das Rittergut Dybeck. Heut wie vorm Jahr. Heut wie vorm Jahr.«

Und ein wenig weiter hin stand einer und rief: »Dies ist Svaneholm. Das muss doch Gott und alle Welt wissen.«

Der Junge beobachtete, dass die Gänse nicht geradeaus flogen. Sie schwebten hierhin und dorthin über die ganze schonensche Ebene, als freuten sie sich, wieder da zu sein, und hätten die größte Lust, jedes einzelne Gehöft zu besuchen.

Sie kamen an eine Stelle, wo einige mächtige Gebäude mit hohen Schornsteinen und rings um sie herum eine Menge kleinerer Häuser lagen. »Das ist die Jordberger Zuckerfabrik«, riefen die Hähne. »Das ist die Jordberger Zuckerfabrik.«

Der Junge schrak zusammen. Den Ort sollte er doch wohl kennen. Der lag nicht weit von seinem Heim, und im letzten Jahr hatte er dort als Hirtenbube gedient. Aber es schien, als wenn nichts sich so recht gleich sah, wenn man es so von oben betrachtete.

Aber nein, aber nein! Das Gänsemädchen Aase und der kleine Mads, die im vorigen Jahr seine Kameraden waren. Der

Junge hätte gern gewusst, ob sie noch dort waren. Was würden sie wohl sagen, wenn sie ahnten, dass er hoch oben über ihrem Kopf dahinflog?

Dann verloren sie Jordberga aus den Augen und flogen auf Svedala und Skabersjö zu und zurück über das Börringer Kloster und Häkkeberga. Der Junge bekam an dem einen Tage mehr von Schonen zu sehen als während aller der Jahre, die er gelebt hatte.

Wenn die wilden Gänse zahme Gänse antrafen, amüsierten sie sich am allerbesten. Dann flogen sie ganz langsam und riefen hinab: »Jetzt geht es in die Berge. Wollt ihr mit? Wollt ihr mit?«

Aber die zahmen Gänse antworteten: »Es ist noch Winter. Ihr seid zu früh draußen. Kehrt um! Kehrt um!«

Die wilden Gänse flogen tiefer hinab, sodass man sie besser hören konnte, und riefen: »Kommt mit, dann wollen wir euch fliegen und schwimmen lehren.«

Dann wurden die zahmen Gänse böse und antworteten nicht mehr mit einem einzigen »Gack«.

Aber die wilden Gänse flogen noch tiefer hinab, sodass sie fast den Boden streiften, und dann stiegen sie wieder langsam, als seien sie sehr bange geworden. »Uha, uha!«, riefen sie. »Das waren gar keine Gänse. Das waren nur Schafe. Das waren nur Schafe.«

Die Gänse auf dem Felde gerieten ganz außer sich und schrien: »Möchtet ihr erschossen werden, alle miteinander, alle miteinander!«

Wenn der Junge alle diese Scherze hörte, lachte er. Aber dann musste er daran denken, welch ein Unglück er über sich selbst gebracht hatte, und dann weinte er. Aber nach einer Weile lachte er wieder.

Nie zuvor hatte er sich mit einer solchen Geschwindigkeit vorwärtsbewegt, und er hatte doch immer so gern schnell und wild reiten mögen. Und er hatte natürlich nie geahnt, dass es da oben in der Luft so frisch sein konnte, wie es war, und dass ein so herrlicher Geruch von fetter Erde und Harz vom Erdboden aufstieg. Und er hatte auch gar nicht darüber nachgedacht, wie es wohl sein müsste, wenn man sich so hoch oben in der Luft bewegte. Aber es war, als flöge man fort von allem Leid und allen Sorgen und Verdrießlichkeiten, die man sich nur denken konnte.

Oscar Wilde

Die Nachtigall und die Rose

»Sie sagte, sie würde mit mir tanzen, wenn ich ihr rote Rosen brächte«, rief der junge Student; »aber in meinem ganzen Garten ist keine rote Rose.« In ihrem Nest auf dem Eichbaum hörte ihn die Nachtigall, guckte durch das Laub und wunderte sich.

»Keine rote Rose in meinem ganzen Garten!«, rief er, und seine schönen Augen waren voll Tränen. »Ach, an was für kleinen Dingen das Glück hängt. Alles habe ich gelesen, was weise Männer geschrieben haben, alle Geheimnisse der Philosophie sind mein, und wegen einer roten Rose ist mein Leben unglücklich und elend.«

»Das ist endlich einmal ein treuer Liebhaber«, sagte die Nachtigall. »Nacht für Nacht habe ich von ihm gesungen, obgleich ich ihn nicht kannte; Nacht für Nacht habe ich seine Geschichte den Sternen erzählt, und nun seh' ich ihn. Sein Haar ist dunkel wie die Hyazinthe, und sein Mund ist rot wie die Rose seiner Sehnsucht; aber Leidenschaft hat sein Gesicht bleich wie Elfenbein gemacht, und der Kummer hat ihm sein Siegel auf die Stirn gedrückt.«

»Der Prinz gibt morgen Nacht einen Ball«, sprach der junge Student leise, »und meine Geliebte wird da sein. Wenn ich ihr eine rote Rose bringe, wird sie mit mir tanzen bis zum Morgen. Wenn ich ihr eine rote Rose bringe, wird sie ihren Kopf an meine Schulter lehnen, und ihre Hand wird in der meinen liegen. Aber in meinem Garten ist keine rote Rose, so werde ich einsam sitzen, und sie wird an mir vorübergehen. Sie wird meiner nicht achten, und mir wird das Herz brechen.«

»Das ist wirklich der treue Liebhaber«, sagte die Nachtigall. »Was ich singe, um das leidet er; was mir Freude ist, das ist ihm Schmerz. Wahrhaftig, die Liebe ist etwas Wundervolles! Kostbarer ist sie als Smaragde und teurer als feine Opale. Perlen und Granaten können sie nicht kaufen, und auf den Märkten wird sie nicht feilgeboten. Sie kann von den Kaufleuten nicht gehandelt werden und kann nicht für Gold ausgewogen werden auf der Waage.«

»Die Musikanten werden auf ihrer Galerie sitzen«, sagte der junge Student, »und auf ihren Saiteninstrumenten spielen, und meine Geliebte wird zum Klang der Harfe und der Geige tanzen. So leicht wird sie tanzen, dass ihre Füße den Boden kaum berühren, und die Höflinge in ihren bunten Gewändern werden sich um sie scharen. Aber mit mir wird sie nicht tanzen, denn ich habe keine rote Rose für sie«; und er warf sich ins Gras, barg sein Gesicht in den Händen und weinte.

»Weshalb weint er?«, fragte ein kleiner grüner Eidechs, während er mit dem Schwänzchen in der Luft an ihm vorbeilief.

»Ja warum?«, fragte ein Schmetterling, der einem Sonnenstrahl nachjagte.

»Er weint um eine rote Rose«, sagte die Nachtigall.

»Um eine rote Rose?«, riefen alle. »Wie lächerlich!« Und der kleine Eidechs, der so etwas wie ein Zyniker war, lachte überlaut.

Aber die Nachtigall wusste um des Studenten Kummer und saß schweigend in dem Eichbaum und sann über das Geheimnis der Liebe. Plötzlich breitete sie ihre braunen Flügel aus und flog auf. Wie ein Schatten huschte sie durch das Gehölz, und wie ein Schatten flog sie über den Garten.

Da stand mitten auf dem Rasen ein wundervoller Rosenstock, und als sie ihn sah, flog sie auf ihn zu und setzte sich auf einen Zweig.

»Gib mir eine rote Rose«, rief sie, »und ich will dir dafür mein süßestes Lied singen.«

Aber der Strauch schüttelte seinen Kopf. »Meine Rosen sind weiß«, antwortete er, »so weiß wie der Schaum des Meeres und weißer als der Schnee auf den Bergen. Aber geh zu meinem Bruder, der sich um die alte Sonnenuhr rankt, der gibt dir vielleicht, was du verlangst.«

So flog die Nachtigall hinüber zu dem Rosenstrauch bei der alten Sonnenuhr.

»Gib mir eine rote Rose«, rief sie, »und ich will dir dafür mein süßestes Lied singen.«

Aber der Strauch schüttelte seinen Kopf. »Meine Rosen sind gelb«, antwortete er, »so gelb wie das Haar der Meerjungfrau, die auf einem Bernsteinthron sitzt, und gelber als die gelbe Narzisse, die auf der Wiese blüht, bevor der Mäher mit seiner Sense kommt. Aber geh zu meinem Bruder, der unter des Studenten Fenster blüht, und vielleicht gibt der dir, was du verlangst.«

So flog die Nachtigall zum Rosenstrauch unter des Studenten Fenster. »Gib mir eine rote Rose«, rief sie, »und ich will dir dafür mein süßestes Lied singen.«

Aber der Rosenstrauch schüttelte den Kopf. »Meine Rosen sind rot«, antwortete er, »so rot wie die Füße der Taube und röter als die Korallenfächer, die in der Meergrotte fächeln. Aber der Winter machte meine Adern erstarren, der Frost hat meine Knospen zerbissen und der Sturm meine Zweige gebrochen, und so habe ich keine Rosen dies ganze Jahr.«

»Nur eine einzige rote Rose brauche ich«, rief die Nachtigall, »nur eine rote Rose! Gibt es denn nichts, dass ich eine rote Rose bekomme?«

»Ein Mittel gibt es«, antwortete der Strauch, »aber es ist so schrecklich, dass ich mir es dir nicht zu sagen traue.«

»Sag es mir«, sprach die Nachtigall, »ich fürchte mich nicht.«

»Wenn du eine rote Rose haben willst«, sagte der Strauch, »dann musst du sie beim Mondlicht aus Liedern machen und sie färben mit deinem eignen Herzblut. Du musst für mich singen und deine Brust an einen Dorn pressen. Die ganze Nacht musst du singen, und der Dorn muss dein Herz durchbohren, und dein Lebensblut muss in meine Adern fließen und mein werden.«

»Der Tod ist ein hoher Preis für eine rote Rose«, sagte die Nachtigall, »und das Leben ist allen sehr teuer. Es ist lustig, im grünen Wald zu sitzen und die Sonne in ihrem goldenen Wagen zu sehen und den Mond in seinem Perlenwagen. Süß ist der Duft des Weißdorns, und süß sind die Glockenblumen im Tal und das Heidekraut auf den Hügeln. Aber die Liebe ist besser als das Leben, und was ist ein Vogelherz gegen ein Menschenherz?«

So breitete sie ihre braunen Flügel und flog auf. Wie ein Schatten schwebte sie über den Garten, und wie ein Schatten huschte sie durch das Gehölz.

Da lag noch der junge Student im Gras, wie sie ihn verlassen hatte, und die Tränen seiner schönen Augen waren noch nicht getrocknet.

»Freu dich«, rief die Nachtigall, »freu dich; du sollst deine rote Rose haben. Ich will sie beim Mondlicht bilden aus Liedern und färben mit meinem eignen Herzblut. Alles, was ich von dir dafür verlange, ist, dass du deiner Liebe treu bleiben sollst; denn die Liebe ist weiser als die Philosophie, wenn die auch weise ist, und mächtiger als Macht, wenn die auch mächtig ist. Flammfarben sind ihre Flügel, und flammfarben ist ihr Leib. Ihre Lippen sind süß wie Honig, und ihr Atem ist wie Weihrauch.«

Der Student blickte aus dem Gras auf und horchte; aber er konnte nicht verstehen, was die Nachtigall zu ihm sprach, denn er verstand nur die Bücher.

Aber der Eichbaum verstand und ward traurig, denn er liebte die kleine Nachtigall sehr, die ihr Nest in seinen Zweigen gebaut hatte.

»Sing mir noch ein letztes Lied«, flüsterte er; »ich werd' mich sehr einsam fühlen, wenn du fort bist.« Und die Nachtigall sang für den Eichbaum, und ihre Stimme war wie Wasser, das aus einem silbernen Krug rinnt.

Als sie ihr Lied geendet hatte, stand der Student auf und nahm ein Notizbuch und einen Bleistift aus der Tasche.

»Sie hat Form«, sagte er zu sich, als er aus dem Gehölz schritt, »– sie hat ein Formtalent, das kann ihr nicht abgesprochen werden; aber ob sie auch Gefühl hat? Ich fürchte, nein. Sie wird wohl sein wie die meisten Künstler: alles nur Stil und keine echte Innerlichkeit. Sie würde sich kaum für andere opfern. Sie denkt vor allem an die Musik, und man weiß ja, wie egoistisch die Künste sind. Aber zugeben muss man, sie hat einige schöne Töne in ihrer Stimme. Schade, dass sie gar keinen Sinn haben, nichts ausdrücken und ohne praktischen Wert sind.« Und er ging auf sein Zimmer und legte sich auf sein schmales Feldbett und fing an, an seine Liebe zu denken; bald war er eingeschlafen.

Und als der Mond in den Himmeln schien, flog die Nachtigall zu dem Rosenstrauch und presste ihre Brust gegen den Dorn. Die ganze Nacht sang sie, die Brust gegen den Dorn gepresst, und der kalte, kristallene Mond neigte sich herab und lauschte. Die ganze Nacht sang sie, und der Dorn drang tiefer und tiefer in ihre Brust, und ihr Lebensblut sickerte weg von ihr.

Zuerst sang sie von dem Werden der Liebe in dem Herzen eines Knaben und eines Mädchens. Und an der Spitze des Rosenstrauchs erblühte eine herrliche Rose, Blatt reihte sich an Blatt wie Lied auf Lied. Erst war sie bleich wie der Nebel, der über dem Fluss hängt, bleich wie die Füße des Morgens und silbern wie die Flügel des Dämmers. Wie das Schattenbild einer Rose in einem Silberspiegel, wie das Schattenbild einer Rose im Teich, so war die Rose, die aufblühte an der Spitze des Rosenstocks.

Der aber rief der Nachtigall zu, dass sie sich fester noch gegen den Dorn presse. »Drück fester, kleine Nachtigall«, rief er, »sonst bricht der Tag an, bevor die Rose vollendet ist.«

Und so drückte die Nachtigall sich fester gegen den Dorn, und lauter und lauter wurde ihr Lied, denn sie sang nun von dem Erwachen der Leidenschaft in der Seele von Mann und Weib.

Und ein zartes Rot kam auf die Blätter der Rose, wie das Erröten auf das Antlitz des Bräutigams, wenn er die Lippen seiner Braut küsst. Aber der Dorn hatte ihr Herz noch nicht getroffen, und so blieb das Herz der Rose weiß, denn bloß einer Nachtigall Herzblut kann das Herz einer Rose färben. Und der Strauch rief der Nachtigall zu, dass sie sich fester noch gegen den Dorn drücke. »Drück fester, kleine Nachtigall«, rief er, »sonst ist es Tag, bevor die Rose vollendet ist.«

Und so drückte die Nachtigall sich fester gegen den Dorn, und der Dorn berührte ihr Herz, und ein heftiger Schmerz durchzuckte sie. Bitter, bitter war der Schmerz, und wilder, wilder wurde das Lied, denn sie sang nun von der Liebe, die der Tod verklärt, von der Liebe, die auch im Grab nicht stirbt. Und die wundervolle Rose färbte sich rot wie die Rose des östlichen Himmels. Rot war der Gürtel ihrer Blätter, und rot wie ein Rubin war ihr Herz. Aber die Stimme der Nachtigall wurde schwächer, und ihre kleinen Flügel begannen zu flattern, und ein leichter Schleier kam über ihre Augen. Schwächer und schwächer wurde ihr Lied, und sie fühlte etwas in der Kehle.

Dann schluchzte sie noch einmal auf in letzten Tönen. Der weiße Mond hörte es, und er vergaß unterzugehen und verweilte am Himmel. Die rote Rose hörte es und zitterte ganz vor

Wonne und öffnete ihre Blätter dem kühlen Morgenwind. Das Echo trug es in seine Purpurhöhle in den Bergen und weckte die schlafenden Schäfer aus ihren Träumen. Es schwebte über das Schilf am Fluss, und der trug die Botschaft dem Meer zu. »Sieh, sieh«, rief der Rosenstrauch, »nun ist die Rose fertig«; aber die Nachtigall gab keine Antwort, denn sie lag tot im hohen Gras, mit dem Dorn im Herzen.

Um Mittag öffnete der Student sein Fenster und blickte hinaus. »Was für ein Wunder und Glück«, rief er; »da ist eine rote Rose! Nie in meinem Leben habe ich eine solche Rose gesehen. Sie ist so schön, ich bin sicher, sie hat einen langen lateinischen Namen«; und er lehnte sich hinaus und pflückte sie. Dann setzte er seinen Hut auf und lief dem Professor ins Haus, mit der Rose in der Hand.

Des Professors Tochter saß in der Einfahrt und wand blaue Seide auf eine Spule, und ihr Hündchen lag ihr zu Füßen.

»Ihr sagtet, Ihr würdet mit mir tanzen, wenn ich Euch eine rote Rose brächte«, sagte der Student. »Hier ist die röteste Rose der Welt. Tragt sie heut Abend an Eurem Herzen, und wenn wir zusammen tanzen, wird sie Euch erzählen, wie ich Euch liebe.«

Aber das Mädchen verzog den Mund. »Ich fürchte, sie passt nicht zu meinem Kleid«, sprach sie; »und dann hat mir auch der Neffe des Kammerherrn echte Juwelen geschickt, und das weiß doch jeder, dass Juwelen mehr wert sind als Blumen.«

»Wahrhaftig, Ihr seid sehr undankbar«, rief der Student gereizt; und er warf die Rose auf die Straße, wo sie in die Gosse fiel, und ein Wagenrad ging darüber. »Undankbar?«, sagte das Mädchen. »Ich will Euch was sagen: Ihr seid sehr ungezogen – und dann: wer seid Ihr eigentlich? Ein Student, nichts weiter. Ich glaube, Ihr habt nicht einmal Silberschnallen an den Schuhen, wie des Kammerherrn Neffe.« Und sie stand auf und ging ins Haus.

»Wie dumm ist doch die Liebe«, sagte sich der Student, als er fortging; »sie ist nicht halb so nützlich wie die Logik, denn sie beweist gar nichts und spricht einem immer von Dingen, die nicht geschehen werden, und lässt einen Dinge glauben, die nicht wahr sind. Sie ist wirklich etwas ganz Unpraktisches, und da in unserer Zeit das Praktische alles ist, so gehe ich wieder zur Philosophie und studiere Metaphysik.« So ging er wieder auf sein Zimmer und holte ein großes staubiges Buch hervor und begann zu lesen.

Alfred Brehm

Aus »Brehms Tierleben«

Zweite Auflage 1883–1887

Eine ausgezeichnete Begabung der Vögel bekundet sich in ihrer lauten, vollen und reinen Stimme. Zwar gibt es viele unter ihnen, welche wenig Töne oder bloß unangenehm kreischende und gellende Laute vernehmen lassen; die Mehrzahl aber hat eine ungemein biegsame und klangreiche Stimme: wirklich stumme Vögel kennt man nicht. Die Stimme ermöglicht reichhaltige Sprache und anmutigen Gesang. Jede eingehendere Beobachtung lehrt, dass die Vögel für verschiedene Empfindungen, Eindrücke und Begriffe besondere Laute ausstoßen, denen man ohne Übertreibung die Bedeutung von Worten zusprechen darf, da sich die Tiere nicht allein unter sich verständigen, sondern selbst der aufmerksame Beobachter sie verstehen lernt. Sie locken oder rufen, geben ihre Freude und Liebe kund, fordern sich gegenseitig zum Kampfe heraus oder zu Schutz und Trutz auf, warnen vor Feinden und anderweitiger Gefahr und tauschen überhaupt die verschiedensten Mitteilungen aus. Und nicht bloß die Arten unter sich wissen sich zu verständigen, sondern Bevorzugte auch zu minder Begabten zu reden. Auf die Mahnung größerer Sumpfvögel achtet das kleinere Strandgesindel, eine Krähe warnt Stare und anderes Feldgeflügel, auf den Angstruf einer Amsel lauscht der ganze Wald. Besonders vorsichtige Vögel schwingen sich zu Wächtern der Gesamtheit auf, und ihre Äußerungen werden von anderen wohl beherzigt. Während der Zeit der Liebe unterhalten sich die Vögel, schwatzend und kosend, oft in allerliebster Weise, und ebenso spricht die Mutter zärtlich zu ihren Kindern. Einzelne wirken gemeinschaftlich in regelrechter Weise am Hervorbringen bestimmter Sätze, indem sie sich gegenseitig antworten; andere geben ihren Gefühlen Worte, unbekümmert darum, ob sie Verständnis finden oder nicht. Zu ihnen gehören die Singvögel, die Lieblinge der Schöpfung, wie man sie wohl nennen darf, diejenigen Mitglieder der Klasse, welche dieser unsere volle Liebe erworben haben. Solange es sich um reine Unterhaltung handelt, stehen sich beide Geschlechter in ihrer Sprachfertigkeit ungefähr gleich; der Gesang aber ist eine Bevorzugung des männlichen Geschlechtes, denn höchst selten nur lernt es ein Weibchen, einige Strophen abzusingen. Bei allen eigentlichen Sängern sind die Muskeln am unteren Kehlkopfe im Wesentlichen gleichartig entwickelt; ihre Sangesfertigkeit aber ist dennoch höchst verschieden. Jede einzelne Art hat ihre eigentümlichen Töne und einen gewissen Umfang der Stimme; jede verbindet die Töne in besonderer Weise zu Strophen, welche sich durch größere oder geringere Fülle, Rundung und Stärke der Töne leicht von ähnlichen unterscheiden lassen; das Lied bewegt sich bei einzelnen in wenigen Tönen, während andere Oktaven beherrschen. Werden die Gesangsteile oder Strophen scharf und bestimmt vorgetragen und deutlich abgesetzt, so nennen wir das Lied Schlag, während wir von Gesang reden, wenn die Töne zwar fortwährend wechseln, sich jedoch nicht zu einer Strophe gestalten. Die Nachtigall oder der Edelfink schlagen, die Lerche oder der Stieglitz singen. Jeder Singvogel weiß übrigens Abwechslung in sein Lied zu bringen, und gerade deshalb wirkt es so mächtig auf uns. Auch die Gegend trägt zur Änderung das ihrige mit bei; denn dieselben Arten singen im Gebirge anders als in der Ebene, wenn sich auch das Wie nur von einem Kenner herausfühlen lassen will. Ein guter Schläger oder Sänger in einer gewissen Gegend kann tüchtige Schüler bilden, ein schlechter aber auch gute verderben: die jüngeren Vögel lernen von den älteren ihrer Art, nehmen aber leider lieber das Mangelhafte als das Vollendetere an. Einzelne begnügen sich nicht mit dem ihnen ursprünglich eigenen Liede, sondern mischen ihm einzelne Töne oder Strophen anderer Vögel oder sogar ihnen auffallende Klänge und Geräusche ein. Sie nennen wir Spottvögel, obwohl wir ihnen mit dieser Bezeichnung Unrecht tun. Singvögel im eigentlichen Sinne des Wortes, also solche, welche nicht bloß die Singmuskeln am unteren Kehlkopfe haben, sondern auch wirklich singen, gibt es in allen Ländern der Erde, jedoch vorzugsweise in denen der gemäßigten Gürtel.

Herman Melville

Der Rodondo-Felsen

In seinem Buch »Die Encantadas oder Die Verzauberten Inseln«, einer Sammlung von zehn »Skizzen« über die Galapagosinseln, beschreibt Herman Melville die entlegene Felseninsel Roca Redonda.

Im Innern eines hohen steinernen Turms in die Höhe steigen, ist an und für sich schon ein lohnendes Unternehmen; es ist außerdem die beste Art und Weise, sich von der umliegenden Landschaft ein zusammenfassendes Bild zu verschaffen. Dabei ist es noch ein Vorteil für sich, wenn der Turm einsam und abseits liegt, wie etwa der geheimnisvolle Turm von Newport, oder wenn er als einziger Überrest von einem untergegangenen Schloss übriggeblieben ist.

In Hinsicht auf die Verzauberten Inseln nun sind wir zum Glück im Besitz eines solchen hervorragenden und bevorzugten Beobachtungspunkts, in Gestalt eines merkwürdigen Felsens, der seiner eigentümlichen Form wegen bei den Spaniern von alters her den Namen Rodondo-Felsen oder Runder Felsen trägt. An die zweihundertfünfzig Fuß hoch, zehn Meilen von Land senkrecht aus dem Meer aufsteigend, mit der ganzen gebirgigen Gruppe südlich und östlich zu seinen Füßen, nimmt der Rodondo-Felsen in einem größeren Maßstab etwa die nämliche Stellung ein, die dem berühmten Campanile oder abseits stehenden Glockenturm von San Marco im Verhältnis zu den um ihn herum verstreut stehenden ehrwürdigen Gebäuden zukommt.

Bevor man indessen den Aufstieg wagt, um einen weiten Blick über die Encantadas zu tun, verlangt der Meerturm als solcher einige Aufmerksamkeit. Er ist auf dreißig Meilen Entfernung zu sehen und nimmt durchaus teil an der verwunschenen Stimmung, die auf der ganzen Inselgruppe herrscht, indem er nämlich beim ersten Anblick aus der Ferne regelmäßig für ein Segel gehalten wird. In einem Abstand von vier Seemeilen wird man im goldenen Mittagsdunst denken, es handle sich um ein spanisches Admiralsschiff, das über und über seine blendenden Segel gesetzt hat, an allen drei Masten. Kommt man näher, so verwandelt sich die Zauberfregatte alsbald in ein Felsverlies.

Mein erster Besuch spielte sich bei Morgengrauen ab. Wir wollten fischen und hatten drei Boote klargemacht, waren etwa zwei Meilen weit von unserm Schiff gerudert und fanden uns kurz vor Tagesanbruch unmittelbar unter dem Mondschatten von Rodondo. Der Anblick des Felsens war bei dem seltsamen doppelten Zwielicht der Stunde noch imposanter, freilich auch weicher als sonst. Der breite, volle Mond gloste am westlichen Horizont wie ein halb schon verzehrtes Leuchtfeuer und warf einen milden, weichen Schimmer übers Meer, wie ihn verlöschende Aschenglut über die mitternächtliche Feuerstätte breitet. Am Osthimmel in seiner ganzen Erstreckung vollführte indessen die noch unsichtbare Sonne blasse, zuckende Andeutungen ihres Kommens. Der Wind war kaum zu spüren; die See war nur träg bewegt; die Sterne funkelten in mattem Glanz. Die Natur schien ganz in sich zurückgesunken vor langer Nachtwache und doch schon wieder halb eingespannt in eine liderschwere Erwartung der Sonne. Es war gerade die entscheidende Stunde, um Rodondo in der Fülle seiner Stimmungen zu erleben. Im Dämmerschein kam alles zu Gesicht, was sehenswert war, und doch lag das Ungefähr des Wunderbaren ungeschmälert als Schleier darüber.

Über einem geborstenen treppenähnlichen Sockel, den die Wellen wie Stufen eines Wasserschlosses ausgewaschen hatten, erhob sich der Turm in übereinander gelagertem Getäfel bis zu einem blankgewetzten Gipfel. Diese in sich gleichartigen Schichten, aus denen die Masse des Felsens besteht, bilden seinen auffallendsten Zug. An den Kanten nämlich, an denen die Schichten ineinander übergehen, vertieft sich der Fels von unten bis oben zu flachen, schiebfächerartigen Einbuchtungen, die sich in gestufter Reihe übereinander erheben. Und wie es in den Dachrinnen jeder alten Scheune oder Abtei von Schwalben schwirrt, so wimmelten diese Felsgesimse von zahllosem Meergeflügel. Dachtraufe über Dachtraufe, Nester über Nestern. Da und dort fleckten lange Streifen Vogelkalk in geisterhaftem Weiß die ganze Höhe des Turms und erklärten nur zu gut, dass der Fels aus der Entfernung wie ein Segel wirken konnte. Alles wäre zauberhaft ruhig gewesen, hätten die Vögel nicht einen wahrhaft teuflischen Lärm vollführt. Nicht nur dass es in den Rinnen wimmelte, sie flogen auch dicht zu Häupten und breiteten sich zu einem geflügelten, unablässig seine Form wechselnden Baldachin. Der Turm ist der Sammelplatz für alle Wasservögel auf viele hundert Seemeilen in der Runde. Nach Norden, Osten und Westen erstreckt sich nichts als Meer und immer nur Meer, sodass der von den Küsten Nordamerikas, Polynesiens und Perus kommende Kriegsschiff-Falke auf Rodondo zum ersten Mal an Land kommt. Andererseits: obwohl Rodondo als Terra-Firma gelten mag, ist noch nie ein Landvogel dort abgestiegen. Man stelle sich auch das Rotkehlchen, den Kanarienvogel dort vor! Es wäre wahrlich wie ein Gerechter unter den Philistern, wenn der arme Sänger sich plötzlich vom Heuschreckenschwarm der starken Raubvögel umgeben sähe, mit ihren langen Schnäbeln, so grausam wie Dolche!

Ich wüsste nicht, wo man die Naturgeschichte der seltensten Meeresvögel besser studieren könnte als auf Rodondo. Es ist wahrhaftig das Vogelhaus des Ozeans. Vögel gehen hier nieder, die sonst nie einen Mast, nie einen Baum berühren; Einsiedlervögel, die stets allein fliegen; Wolkenvögel, heimisch in unerschlossenen Zonen der Luft.

Schauen wir zuerst tief nach unten auf das unterste der Fächer, das auch das breiteste ist und knapp überm Hochwasserstand liegt. Was sind das für fremdartige Geschöpfe? Aufrecht gehend wie Menschen, aber bei Weitem nicht so ebenmäßig, stehen sie rings um die Felswand verteilt wie gemeißelte Karyatiden, die nächsthöhere Reihe von Nischen auf den Schultern. Ihre Leiber sind grotesk in ihrer Missgestalt, die Schnäbel kurz, die Füße scheinbar ohne Übergang am Körper angesetzt, während die Gliedmaßen an ihrer Seite nicht Flosse, nicht Flügel, nicht Arm heißen dürfen. Es stimmt auch: weder Fisch noch Fleisch noch Geflügel ist der Pinguin; als essbares Tier weder dem Karneval noch der Fastenzeit zugehörig; ohne Frage das an Zweideutigkeit stärkste, an Lieblichkeit schwächste Geschöpf, das der Mensch je entdeckt hat. Wohl treibt er sich kümmerlich in allen drei Elementen herum und hat rudimentäre Ansprüche an alle; zu Hause aber ist er in keinem. An Land watschelt er, im Wasser zappelt er, in der Luft rudert er hilflos. Als schämte sie sich ihres misslungenen Wurfs, hält die Natur ihr angeratenes Kind an den Grenzen der Erde verborgen, an der Magalhaesstraße und im tiefsten Untergeschoss auf Rodondo.

Aber schau, was sind das für leidgeprüfte Scharen, die sich im nächsthöheren Fach zusammendrängen? In Reih und Glied angetretene Vögel von großmächtig-wunderlicher Statur? Seemönche vom Grauen Orden? Es sind Pelikane. Die verlängerten Schnäbel mit den daran befestigten schweren ledernen Taschen verleihen ihnen einen höchst wechselhaften Ausdruck. Von nachdenklicher Rasse, stehen sie stundenlang regungslos beieinander. Ihr stumpfes, aschiges Gefieder verleiht ihnen ein Aussehen, als hätte man sie über und über mit Herdasche eingepudert. Wahrhaftig ein Büßervogel, zu dem es gut passt, dass er das Schottergestade der Encantadas bewohnt, wo sich auch der geplagte Hiob passend ausgenommen und mit Topfscherben hätte schaben können.

Ein Stockwerk höher gewahren wir den Gony oder grauen Albatros – ziemlich widersinnig so benannt, denn er ist ein unansehnlicher, unpoetischer Vogel, ganz unähnlich seinem vielbesungenen Verwandten, diesem schneeweißen Geist der verwunschenen Vorgebirge von Kap Hoorn und Kap der Guten Hoffnung.

Indem wir weiter von Fach zu Fach aufsteigen, finden wir die Bewohner des Turms denn auch der Reihe nach geordnet, ganz in der Reihenfolge ihrer Größe: Tölpel, schwarze und scheckige Stummelmöwen, Häher, Seehühner, Spermacoetivögel, Seemöwen der erdenklichsten Art – und man kann Throne, Fürstentümer, Mächte, Herrschaften senatorisch übereinander gestaffelt in ihnen erblicken, während über ihnen allen, der immer wiederkehrenden Fliege in einem großen Stickmuster vergleichbar, die Sturmschwalbe, auch Petersvogel geheißen, ihren beständigen schrillen Warnruf ausstößt. Dass auch dieser geheimnisvolle Kolibri des Meeres – den man, besäße er nur die nötige Farbenpracht, wegen seiner kurzlebigen Munterkeit auch beinahe den Schmetterling der See nennen könnte, dessen Gezirp unterm Heck für die Seeleute aber ebenso unheilverkündend ist wie für die Bauern das Getick der Totenuhr hinterm Kamingesims – dass auch dieser Vogel seine Lieblingsheimstatt auf den Encantadas hat, trägt im Gemüt des Seemanns nicht wenig zu der traurigen Verwunschenheit der Inseln bei.

Je weiter der Tag fortschreitet, umso mehr verstärkt sich der misstönende Lärm. Mit ohrenbetäubenden Schreien begehen die wilden Vögel ihre Morgenmette. Jeden Augenblick schießen neue Schwärme aus dem Turm hervor und gesellen sich zu dem oben schweifenden luftigen Volk, während unten ein nach Myriaden zählendes Geschwirr ihren Platz einnimmt. Durch allen Misston und Trubel aber höre ich helle, silberne, wie auf Signalhörnern geblasene Töne unverzerrt herniederklingen: es ist wie die schräge Schraffur eines emsig herniederprasselnden Regenschauers. Ich blicke hoch nach oben und gewahre ein schneeweißes, engelhaftes Ding mit einer einzigen langen, lanzenartigen Feder wie ein Sporn. Es ist der helle, begeisternde Chantecler des Meeres, der Prachtvogel, der wegen seines weckenden, melodisch flötenden Zurufs recht passend den Beinamen »Bootsmannsmaat« bekommen hat.

Das geflügelte, lebenumwölkte Rodondo hatte sein vollendetes Gegenbild in den flossentragenden Scharen, die die Gewässer zu seinen Füßen bevölkerten. Unter dem Wasserspiegel schien der Felsen eine einzige Honigwabe aus Grotten, Labyrinthen für schutzsuchende Schwärme von Zauberfischen. Fremdartig waren sie alle: manche waren überaus schön und hätten den kostbarsten Glaskugeln mit prunkenden Goldfischen zur Zierde gereicht. Was einen am meisten erstaunen konnte, war die völlige Neuartigkeit von vielen Einzelnen unter diesen Vielen. Hier sah man Farben, die noch nie gemalt, und Muster, die noch nie gezeichnet wurden.

Um von der Anzahl, der Fressgier und der namenlosen Unbesorgtheit und Zahmheit dieser Fische eine Vorstellung zu geben, will ich nur sagen, dass man manchmal, wenn die Fische allzu einmütig nach der Oberfläche des Wassers emporflitzten, in den sichtbar werdenden klaren Wasserbereichen einige größere und weniger unbesorgte Burschen erspähte, nach denen dann unsere Angler ihre Ruten in größere Tiefe auszuwerfen versuchten. Das blieb aber vergebliche Liebesmüh; man konnte durch die oberste Schicht einfach nicht hindurchkommen. Kaum berührte der Haken das Wasser, so stritten sich hundert Verblendete um die Ehre, gefangen zu werden. Arme Fischlein von Rodondo! – in eurem opfervollen Vertrauen gehört ihr zu den Vielen, die der menschlichen Natur unbesehen vertrauen, ohne sie doch zu verstehen.

Aber schon ist aus dem Morgengrauen beinahe Tag geworden. Schwarm auf Schwarm ziehen die Seevögel hin und plündern die Tiefe nach Nahrung. Der Turm bleibt verlassen, bis auf die Fischspeicher in seiner Tiefe. Der Vogelkalk leuchtet im goldenen Strahl wie die Tünche an einem gewaltigen Leuchtturm oder die hohen Segel eines Ozeanfahrers. Das ist wohl der Augenblick, wo wir wissen, dass ein toter, verlassener Fels vor uns liegt, wo aber andere Seefahrer darauf schwören, sie hätten ein fröhliches, menschenwimmelndes Schiff gesehen.

Lasst uns Taue nehmen und den Aufstieg wagen! Aber gemach, es ist nicht einfach!

Paula Dehmel

Der blaue Vogel

In Island oder Ostpreußen, ich weiß es nicht mehr genau, denn es ist schon sehr lange her, wohnte einmal eine alte Königin. Sie war noch nicht so sehr alt, dass sie schon Runzeln gehabt hätte, aber sie war schon alt genug.

Sie saß ganz allein auf ihrem goldnen Thron und regierte. Sie hatte keinen König und keine Prinzen oder Prinzessinnen, die ihr hätten helfen können; und so musste sie alles selber regieren.

Es ging sehr ordentlich in ihrem Lande zu, denn die Minister und Räte taten pünktlich ihre Pflicht. Die Königin war auch gerecht; sie schenkte den guten Leuten Orden oder ihr königliches Bildnis und schickte die bösen ins Gefängnis oder ließ sie köpfen. Sie besaß schöne Schiffe und prächtige Soldaten, und ihre Kirchen trugen die höchsten Türme der Welt.

Trotzdem war die alte Königin oft traurig, denn es hatte sie niemand richtig lieb. Sie wurde zuletzt ganz krank und konnte gar nicht mehr lachen.

Ihr Leibarzt, der sonst ein kluger Mann war, wusste ihr nicht zu helfen. Er bestellte Feuerwerk und bengalische Beleuchtung, um die Königin zu belustigen, und ließ geputzte Menschen aufs Schloss kommen, die Musik machen und tanzen mussten. Aber die Königin sah ganz woanders hin und fand alles langweilig. Auch das Essen schmeckte ihr nicht mehr, so große Mühe sich auch der dicke Koch damit gab. Ja, die arme Königin war recht zu bedauern.

Da kam eines Tages ein Mann im blauen Kittel aufs Schloss, der hatte auf der Schulter einen Vogel mit einem Silberfederschwänzchen, und der Vogel konnte sprechen. Der Mann sagte: »Guten Tag, Frau Königin, ich weiß, dass du krank und traurig bist; nimm diesen Vogel, vielleicht macht er dich wieder froh; ich reise durch meine Wälder, wenn ich wiederkomme, werde ich ihn fragen, ob er bei dir bleiben will; bleibt er, so wirst du gesund.« Nach diesen Worten ging der Mann im blauen Kittel und ließ seinen Vogel bei der alten Königin.

Der gefiel er außerordentlich! Er war blau wie der Himmel und wippte mit seinem Silberfederschwänzchen auf und ab, dass es nur so blitzte! Die Königin mochte gar nicht mehr von ihm gehn; sie streichelte ihn, kraute ihm das Köpfchen und fragte ihn, wie er hieße und ob er bei ihr bleiben wolle. Der Vogel besah sich die alte Königin von oben bis unten, schüttelte seine Federn und sang:

> Frohgemut heiß ich,
> nach Hässlichem beiß ich,
> alte Weiber mit Trauergesicht
> lieb ich nicht!

»Majestät«, sagte der Leibarzt, »das ist ein grober Vogel, den solltest du köpfen lassen«; aber die alte Königin hatte den blauen Vogel nur noch lieber und wurde immer trauriger. Sie ließ den schönsten Gartensaal für ihn einrichten und hielt eigens Diener, die ihm Futter bringen und das Bad bereiten mussten.

All ihre freie Zeit brachte sie bei ihm zu. Manchmal fragte sie ihn bescheiden, ob er sie nun liebhätte und bei ihr bleiben würde; aber dann lachte sie der Vogel aus und wurde noch gröber als das erste Mal. Die arme alte Königin grämte sich so, dass sie ganz mager wurde und in der Kirche sogar nicht mehr aufpassen konnte! Nicht einmal ein Vogel wollte sie liebhaben!

Eines Morgens stand sie wieder im Gartensaal und sah ihm zu, wie er lustig von einer Palme zur andern hüpfte, dass sein blaues Gefieder in der Sonne leuchtete. Die Königin schien er gar nicht zu bemerken. Da bekam sie wieder ihre große Traurigkeit. »Lieber Vogel Frohgemut«, rief sie, »willst du denn gar nichts von mir wissen? Sage, was ich tun soll.« Da wippte der Vogel mit dem Silberfederschwänzchen und sagte: »Dummes Weib. dummes Weib.« Als die Königin aber ein noch traurigeres Gesicht machte, flog er ihr auf die Schulter und sang ihr leise ins Ohr:

Draußen, hinter Feld und Baum
träumt die Erde ihren Traum,

gehe hin, wecke sie,
höre ihre Melodie!

Der alten Königin wurde ganz jung zumute, als sie das Liedchen hörte. Sie ließ sich ihren kleinen Purpurmantel bringen, der große mit dem Hermelin war viel zu lang, und ging mit dem Vogel, der wieder auf ihre Schulter flog, die Freitreppe hinunter in den Park. Der Leibarzt dienerte und wollte nach, aber sie befahl ihm, zurückzugehen und dafür zu sorgen, dass sie allein bliebe.

Zum ersten Mal in ihrem langen Leben ging die Königin allein.

Da sah die Welt ganz neu und anders aus! Die Sonnenstrahlen waren lebendig! Wie Blitzgeister tanzten sie in den Blättern und auf dem Rasen. »Wer tanzt mit mir, wer spielt mit mir«, summte es der Königin durch den Kopf. Das war ein Lied, das sie als kleines Kind von der Amme gelernt hatte, und unwillkürlich sang sie es leise vor sich hin:

Wer tanzt mit mir?
Wer spielt mit mir?
Ich bin so sehr allein.
Kam da der gelbe Sonnenstrahl:
»Ich tanze Tippel – huschemal,
willst du meine Tänzerin sein?«
Wer tanzt mit mir?
Wer spielt mit mir?

Der Sonnenstrahl ist zu fein.
Kam da der wilde Pustewind,
»heidi, ich spiele Wegefind,
laufe doch, fang' mich ein! …«
Wer tanzt mit mir?
Wer spielt mit mir?
Der Wind macht mein Krönchen entzwei!
Kam da ein brauner Junge an,
macht 'nen Diener wie'n Edelmann:
»Prinzess, ich bin so frei!«

»Bravo, bravo, schön«, sagte da der blaue Vogel, schüttelte sein Gefieder und flog hoch in die Luft. Die Königin sah ihm nach und sah, wie er immer weitere leuchtende Kreise zog, bis er vor lauter Helligkeit nicht mehr zu sehn war. Nun ist er weg, dachte sie, aber sie konnte nicht traurig sein, es war zu schön um sie herum, und alles sah sie warm und traulich an.

Neben ihr wuchs eine wilde Kirsche. Sie merkte den süßen Mandelgeruch und legte ihre Backe an den jungen Stamm. Du bist reich und gut, musste sie denken und guckte den Bienen nach, die den Baum besuchten. Weiter ging sie zu einem Goldregen. Sie sah deutlich, wie die gelben Köpfchen sich anstrengten, um aus der grünen Kammer an die Sonne zu kommen. Am liebsten hätte sie ihnen geholfen; weil sie das aber nicht konnte, streichelte sie die Blüten, eine nach der andern, so viele sie langen konnte! Dann öffnete sie das Parkgitter und war mitten im Walde.

Da standen die alten Kiefern und nickten mit den Kronen wie gute alte Tanten. Die Königin nickte ihnen auch zu und ging weiter ein gut Stück in den Wald hinein. Als sie müde war, setzte sie sich auf einen abgeholzten Stamm und hörte auf das Summen der Insekten und das Hämmern des Spechtes. Sie sah zu, wie eine kleine Meise sich mit einem langen Strohhalm abmühte. »Ja, Schwesterchen, es ist schwer, sich ein Nestchen zu bauen, nicht wahr?«, sagte sie zu dem Vögelchen, das sie mit den kleinen klugen Augen neugierig ansah.

Neben ihr machte ein Grashüpfer seine possierlichen Sprünge. Er putzte sich so drollig mit den dünnen Vorderfüßen sein Mäulchen, dass sie laut lachen musste! Ja, die alte Königin musste laut lachen und war darüber so vergnügt, dass sie gewiss ins Tanzen gekommen wäre, wenn sie nicht von all dem Sitzen auf dem Thron schon steife Beine gehabt hätte! Sie machte sich ein Sträußchen von Waldblumen, schürzte ihre seidne Schleppe hoch auf und ging viel schneller als vorher weiter in den Wald hinein.

Sie musste grad an den blauen Vogel und an sein seltsames Liedchen denken, als sie Stimmen hörte. Das waren gewiss Kinder, denn es klang herzlich und hell. Zuerst wollte die Königin umkehren, es war so schön allein im Walde gewesen; aber alte Damen sind neugierig, auch wenn sie Königinnen sind, und so ging sie weiter.

Richtig! Zwischen hohen Kiefernstämmen spielten etwa zwanzig Dorfkinder. Sie waren meist barfuß und arm gekleidet, hatten aber warme, frische Gesichter. Ein dicker kleiner Junge kam auf die Königin zu und sagte: »Willst du mitspielen? Wir spielen Häschen in der Grube, du hast so 'nen feinen Mantel um, das kann die Grube sein.« Der Königin war so, als wäre das ihr Söhnchen, und sie ging mit. Die Kinder jubelten und nahmen ihr den Purpurmantel ab. Sie breiteten ihn auf die Erde, das sah ganz herrlich aus, setzten die Königin mitten darauf, machten einen Kreis und sangen:

Häschen in der Grube
saß und schlief,
kam der heilge Kuckdikuck,
und bracht' ihm einen Brief.
Häschen bist du müde?
Oder bist du krank?
Steck doch deine Läufer raus,
ob du noch hüpfen kannst.
Und was stand geschrieben
in Kuckdikuckens Brief?
»Dem Kutscher, der nicht fahren kann,
geht der Wagen schief.«

Die beiden letzten Zeilen sangen die Kinder sehr schnell und tanzten wie toll um die alte Königin herum. Ihr wurde ganz schwindlig, aber sie lachte, dass ihr die Tränen kamen, und sang die Wiederholung mit:

Dem Kutscher, der nicht fahren kann,
geht der Wagen schief.

Als das Spiel aus war, sagten die Kinder, sie wäre eine lustige Frau, wie sie denn hieße. Die Kinder kannten ihre Königin bloß von Bildern her, wo sie ihr Königingesicht machte, und das sieht ganz anders aus, als wenn man mit Kindern spielt. Die Königin lachte und sagte: »Ich bin eine Fee und will den Ärmsten von euch was schenken.« Die Kinder waren verlegen, sie wussten nicht, wer der Ärmste sei. Endlich sagte eines: »Fritz und Lene sind die Ärmsten, die haben keinen Vater und keine Mutter.« Ja, das wären wohl die Ärmsten, meinten die andern auch. »Nun, so wünscht nur los«, sagte die alte Königin und band sich ihren Purpurmantel wieder um; sie dachte gewiss, die Kinder würden sie dann eher für eine Fee halten. Der kleine Fritz, derselbe Junge, der die Königin zum Mitspielen eingeladen hatte, sagte gleich: »Ich möchte ein lebendiges Pferd haben.« – »Sollst du«, sagte die Königin, »und du, Lenchen?« Das kleine Mädchen sah ihr forschend ins Gesicht: »Wenn du eine Fee bist, könntest du mir eine Mutter schenken, fast alle Kinder haben eine Mutter.«

Da wurde der alten Königin wunderlich zu Sinn; sie nahm das kleine Mädchen an die rechte und den Jungen an die linke Hand, nickte den andern Kindern noch freundlich zu und ging mit den beiden ins Schloss zurück.

Der dicke Koch sperrte seinen großen Mund noch größer auf, als sie mit den Kindern über den Schlosshof kam, und der Leibarzt machte vor Verlegenheit eine Verbeugung über die andere. Da sie aber Königin war, durfte ihr niemand dreinreden, und so blieben die Kinder im Schloss.

Auch ihre alte Großmutter wurde hingeholt und wackelte vor lauter Seligkeit immer von einem Bein aufs andre. Am besten aber hatte es die Königin, die wurde beinah wieder jung vor aller Freude. Die Kinder mussten bei ihr lernen und spielen; fast hätte sie das Regieren vergessen vor lauter Eifer! Ihr erster Gedanke des Morgens waren die Kinder, und abends erzählte sie ihnen von dem lieben Gott und den Sternen und noch von vielen andern schönen Dingen. Am liebsten aber ging sie mit ihnen in den Wald; da wussten die Kinder die schönsten Plätzchen und brachten Mutter Königin frische Erdbeeren, die viel besser schmeckten, als die man bei Tisch bekam.

An den blauen Vogel hatte sie die ganze Zeit nicht mehr gedacht. Da hörte sie eines Tages fröhliches Lachen aus dem Gartensaal. Sie ging hinein, da tanzten Fritz und Lene um den blauen Vogel, der unbemerkt durch das Fenster gekommen war und nun fröhlich auf seiner kleinen Schaukel saß, als wäre er nicht weggewesen. Die Kinder aber lachten, weil er immerlos schrie: »Dem Kutscher, der nicht fahren kann, geht der Wagen schief.« Der kleine Schelm musste wohl im Walde zugehört haben. Der Königin blitzten die Augen vor Freude, als sie den lieben blauen Vogel wiedersah, und nun lachten sie alle drei, dass die alten vergoldeten Stühle und die Bilder mit den steifen Königen mitwackelten.

Plötzlich hielten sie an. Die Tür war aufgegangen, der Mann im blauen Kittel stand im Saal. »Willst du mit, Frohgemut?«, fragte er. Der blaue Vogel wippte mit dem Silberfederschwänzchen, flog der Königin auf die Schulter und sang:

Die Welt ist gescheit,
sie wechselt ihr Kleid
und schüttelt die Zeit!
Ich grüße den Herrn,
Wo Kinder lachen, da bin ich gern.

Da nickte der Mann im blauen Kittel der Königin zu und ging.

Der blaue Vogel aber blieb, und manchmal half er der Königin regieren.

Detlev von Liliencron

Vogel im Busch

Kleiner Vogel in den Zweigen,
Bleib hübsch sitzen, singe weiter,
Keine Pfeile führ' ich bei mir,
Singe fort, das ist gescheiter.

Bange nicht, ich hör' so gerne
Deine lieben Zwitscherlieder,
Wenn dir linder Frühlingsregen
Leise tropft aufs Graugefieder.

Doch du hebst die flinken Flügel,
Schwingst entsetzt dich in die Gegend,
Schein' ich dir denn so gefährlich,
Ist der Mensch so graunerregend?

Theodor Fontane

Der Kranich

Rau ging der Wind, der Regen troff,
Schon war ich nass und kalt;
Ich macht' auf einem Bauerhof
Im Schutz des Zaunes halt.

Mit abgestutzten Flügeln schritt
Ein Kranich drin umher,
Nur seine Sehnsucht trug ihn mit
Den Brüdern übers Meer;

Mit seinen Brüdern, deren Zug
Jetzt hoch in Lüften stockt,
Und deren Schrei auch ihn zum Flug
In fernen Süden lockt.

Und sieh, er hat sich aufgerafft,
Es gilt erneutes Glück;
Umsonst, der Schwinge fehlt die Kraft,
Und ach, er sinkt zurück.

Und Huhn und Hahn und Hühnchen auch
Umgackern ihn voll Freud'; –
Das ist so alter Hühner-Brauch
Bei eines Kranichs Leid.

Otto Erich Hartleben

Die Taube

Es gleicht das Herz der Taube, die entsendet ward,
zu spähen, ob die Wasser sich verlaufen schon.

In mutiger Jugendfreude flatterte sie davon
und traute: eine Welt entsteige dieser Flut.
In jedem tiefen Wogenschlage wähnte sie
zu schauen schon die langersehnte Erdenflur:
der milde, volle Mond, der Sonne reiches Gold,
mit Hoffnung färbten beide sie der Woge Schaum. –
Doch immer wieder glättete der Spiegel sich
und sah empor, ein stumpfes, blödes Auge stets.
Die Taube zitterte vor diesem kalten Blick,
und schlaffer stets und müder ward der Fittiche
Schwung.
Der Regen troff vom sonnenblinden Firmament,
und höher stieg das unverändert dunkle Meer.

Und höher stieg es, bis der Flügel Kraft erlahmt,
der letzte Hoffnungsblick im brechenden Auge starb –
und höher stieg es noch, als eine Beute schon,
der tote Leib der Taube auf den Wassern trieb. –

Es gleicht das Herz der Taube, die entsendet ward,
Zu spähen, ob die Wasser sich verlaufen schon.

Friedrich Nietzsche

Vogel Albatros

O Wunder! Fliegt er noch?
Er steigt empor und seine Flügel ruhn!
Was hebt und trägt ihn doch?
Was ist ihm Ziel und Zug und Zügel nun?

Er flog zu höchst – nun hebt
Der Himmel selbst den siegreich Fliegenden:
Nun ruht er still und schwebt,
Den Sieg vergessend und den Siegenden.

Gleich Stern und Ewigkeit
Lebt er in Höhn jetzt, die das Leben flieht,
Mitleidig selbst dem Neid –:
Und hoch flog, wer ihn auch nur schweben sieht!

O Vogel Albatros!
Zur Höhe treibt's mit ew'gem Triebe mich!
Ich dachte dein: da floss
Mir Trän' um Träne – ja, ich liebe dich!

Paul Verlaine

Die Nachtigall

Es senkt wie ein Schwarm von Vögeln sich
All mein Erinnern hernieder auf mich,
Hernieder durchs gelbe Laub von den Zweigen,
Und gebeugt ist mein Herz, wie Erlen sich neigen,
Die sich spiegeln, wo das Wasser der Reue
Schwermütig gleitet in tiefer Bläue.
Sie senken sich, bis im wachsenden Wehen
Des Winds ihre bösen Stimmen vergehen,
Im Baume verklingen mit sterbendem Laut,
Dass Stille rings von den Zweigen taut.
Nur die Stimme, die sie, die fern ist, in Tränen
Verherrlicht, tönt, nur die Stimme voll Sehnen
Des Vögleins, das erste Liebe mir war,
Das heute noch singt wie vor manchem Jahr.
Und in dem trauernden Mondenscheine,
Der bleich und feierlich strahlt, wiegt eine
Schwermütige Nacht der Sommerszeit
Voll tiefer Sehnsucht und Dunkelheit
Im Himmel in flüsternden Windesschauern
Das Zittern des Baums und des Vogels Trauern.

Charles Baudelaire

Die Eulen

Im Schutz von schwarzen Eibenbäumen
In Reihen sitzt der Eulen Schar,
Wie Götter fremd und sonderbar,
Ihr rotes Auge glüht. Sie träumen.

Sie sitzen starr und ohne Laut,
Bis zu den schwermutvollen Stunden,
Da schräg der letzte Strahl entschwunden,
Und Finsternis ihr Reich sich baut.

Den Weisen lehrt ihr still Gebaren,
Wie er sich hüte vor Gefahren,
Die Hast und Lärmen bringt zu Tag.

Dem Menschen, toll von Schein und Schimmer,
Ward es zum Fluche, dass er nimmer
An einem Platze rasten mag.

Hermann Löns

Der Kleiber

Im fahlen Acker weckte die Märzsonne goldene Blumen; der Huflattich kündet bessere Zeit. Im grauen Walde wachte der Haselbusch auf; seine goldenen Troddeln bringen Farben in die Eintönigkeit.

Ein Vogel flötet im Eichenbaum; weithin tönt sein lauter Pfiff. Die Menschen drehen die Köpfe nach ihm und suchen den Pfeifer. Sie finden ihn nicht. Da sitzt ein Vögelchen von Spatzengröße; aber das kann er nicht sein. Wer so laut flötet, muss viel größer sein.

Es ist es aber doch, der kleine Kerl. Er schnurrt hinab zum Fuße der Eiche, lockt fein und dünn und stochert mit dem spitzen Schnabel in der Rinde umher. Und dann flötet er wieder so laut und voll, dass die beiden alten Leutchen, die sich in der Vorfrühlingssonne ergehen, ganz verwundert die Köpfe darüber schütteln, dass ein so kleiner Vogel so laut flöten kann. Aber der kann noch viel mehr. Er zirpt so dünn und fein wie ein Mäuschen und flötet laut und grob wie ein Straßenjunge im stillen Walde, dass der einsame Wanderer zusammenfährt. Wenn es ihm aber gefällt, dann kann der Kleiber auch so süß flöten, dass dem Menschen das Herz im Leibe lacht, und ein anderes Mal klingt sein Flöten so wehmütig, als ginge der Tod durch den Wald.

Und noch viel mehr kann er, der kleine Vogel. Jetzt hängt er am Stamme der Buche. Wie eine Maus huscht er an der glatten Rinde entlang, erst aufwärts und dann seitwärts. Hier sitzt eine früherwachte Spinne. Der spitze Schnabel zieht sie hinter der Rindenschuppe hervor, und aus ist es mit allen ihren Lenzhoffnungen.

Jetzt klebt das Vögelchen an dem Eichenbaume. Hell fällt die Sonne darauf, dass der graublaue Rücken und der rotgelbe Bauch, die helle Kehle und die samtschwarze Augenbinde deutlich zu sehen sind. Mit dünnem, feinem, durchdringendem »Szi, ßi, ßi« klettert der Kleiber an der Borke hoch. In einem Spalte glänzt ein goldbrauner Punkt. Bei dem macht er Halt. Eine Buchecker ist es, die er sich im Herbste hier verwahrte. Über hundert hat er sich für die schlechte Zeit hier so aufgehegt und sie nach und nach verspeist. Einige stahl ihm der Specht, andere die Kohlmeise, noch welche die Waldmaus und so manche die Eichkatze.

»Toik, toik, toik«, klingt es fröhlich durch den Wald. Der Kleiber rutscht über die Buchnuss und dreht sich um, dass sein Kopf nach unten hängt. Das macht ihm kein Vogel im Walde nach, weder die Meise noch der Specht. Um das zu können, muss man eben Specht und Meise zugleich sein, wie er. Und darum heißt er auch Spechtmeise. Von dem Spechte hat er die Gestalt, von der Meise das weiche Federkleid und von beiden alle möglichen Künste. Wie ein Specht, nur kopfunter am Stamme hängend, bearbeitet er die Frucht. Hageldicht fallen die Schläge, und keiner geht daneben. Die braune Schale zerspellt, der leckere Kern wird frei, der fette, ölige, süße Kern. Fein schmeckt er: »Toik, toik, toik«.

Jetzt hüpft die Spechtmeise an der Erde umher. Käfer, du musst sterben und bist noch so jung, jung, jung. Und jetzt, das ist ein Fressen für den spitzen Schnabel, eine Haselnuss, vielleicht die letzte vor dem Herbste. Die kostet Arbeit, aber sie lohnt auch die Mühe. Aber wohin mit ihr? Hier die Rindenritze in der Eiche ist viel zu eng, die da ist viel zu weit und die dort zu tief. Aber diese Spalte hier, das geht! So, jetzt sitzt die Nuss richtig, mit der Naht nach vorne. Und nun geht die Arbeit los. Kopfüber hängt die Spechtmeise an der Rinde, zirpt einige Male, dreht die Nuss noch ein bisschen zurecht, flötet laut, klopft die Nuss fest, besieht sie sich von rechts, von links, von oben, von unten, flötet wieder und geht an das Werk. Hart und scharf fällt die Schnabelspitze immer wieder auf denselben Fleck, viele, viele Male. Ab und zu wird ein bisschen gezirpt, ein wenig geflötet, einmal auch wütend gescharrt, wie ein zweiter Kleiber sich naht, und dann klingt das Gehämmer wieder laut durch den Wald. Endlich springt die Schale. Nun heißt es, die

Nuss wieder aus der Spalte herausbringen. Das erfordert allerlei Kletterkünste, kopfüber, kopfunter, bis es gelingt. Und dann wird aus dem Kern Stück um Stück herausgemeißelt, bis nichts mehr davon übrig ist als die trockene Haut.

Jetzt könnte man wieder pfeifen. Die Sonne scheint so schön auf den Wipfel der Eiche, besonders auf den faulen Ast ganz oben. Also schnell hinauf und geflötet, dass es, wer weiß wie weit, schallt. Unten gehen die Menschen vorbei. Die Spechtmeise flötet und flötet. Ein Wagen rasselt vorüber. Es wird fortgeflötet. Ein Auto donnert vorbei. Der Kleiber flötet in einem Ende weiter. Er weiß wohl, warum.

Jetzt zirpt es in der Hainbuche unter ihm fein und dünn. Lauter flötet er, erst in einzelnen runden weichen Tönen, dann schnell aufeinander und scharf und gellend. Und jetzt rutscht er kopfüber an der Eiche hinab, zärtlich piepsend, und dann schnurrt er in die Hainbuche hinter dem Kleiberweibchen her, das so tut, als wisse es nicht, was das ganze Geflöte bedeuten solle, und eifrig nach Larven und Käfern sucht. Sie klettert den Stamm hinunter, und er pfeift hinterher. Sie schnurrt nach der Eiche, und er folgt ihr nach, bald zirpend, bald pfeifend und bald wieder flötend. Jetzt ist das Weibchen auf der Erde, und kaum ist das Männchen bei ihm, da fliegt das Weibchen piepsend in die Buche und lockt das Männchen hinter sich her.

Eine dicke schwarze Wolke kriecht am Himmel herauf und schiebt die Sonne fort. Der Specht, der eben noch so laut am Hornzacken der Eiche den Wirbel schlug, stellt sein Trommeln ein. Verklungen ist der Kohlmeise Frühlingsgeläute. Ein Regenschauer prasselt durch das Geäst, der Wind fegt das Falllaub über den Weg, dürre Äste poltern zu Boden. Still und stumm, ab und zu verzagt piepsend, rutscht der eine Kleiber an der Wurzel der rotfaulen Eiche herum, nach Frostspannern suchend. Hier wird ein Weibchen verspeist, dort ein Männchen entflügelt und verschluckt, da ein Käfer aus dem Moose gezerrt und dort eine Puppe aus der Wiege gemeißelt. Und in der Krone der Eiche jagt der andere Kleiber. Keiner von ihnen denkt mehr an Locken und Lieben, und stumm bleiben beide den ganzen Tag.

Kaum dass die Sonne am anderen Morgen wieder da ist, da schwirren die Spechtmeisen aus ihren Schlafhöhlen. Er wohnt in einem Starkasten und sie in einem Spechtloche. Wieder flötet das Männchen hoch vom Eichenaste viertelstundenlang in den Wald hinein, treibt wieder das Weibchen hin und her; inzwischen wird der Magen nicht vergessen, fleißig Jagd auf allerlei Geziefer gemacht, auch Tannensamen aufgeklaubt und am Futterplatze die Speckschwarte noch blanker gemeißelt, als sie schon ist, dann wieder gepfiffen, dass es eine Art hat, und geschwiegen, wenn die Sonne vor den Wolken sich verstecken muss, und wieder gepfiffen und geflötet, lacht der Himmel wieder, und ist er wieder trübe, wieder emsig in allen Ritzen und Spalten umhergestöbert.

So geht es heute und geht es morgen und übermorgen und noch manchen lieben langen Tag. Wenn der Schneesturm den Boden weiß färbt, ist der Kleiber still. Leckt die Sonne den Schnee fort, ertönt wieder das laute Geflöte. Und jeden Tag klingt es lauter und länger und lustiger, immer stürmischer wird das Männchen, und wenn auch das Weibchen sich sträubt und ziert, eines Tages wird es mit dem Gespielen doch einig. Nun sind beide immer an der Eiche beschäftigt, in der das Spechtloch ist, in dem das Weibchen im Winter schlief. Im Jahre vorher brütete der Star darin. Der wird sich wundern, wenn er wiederkommt und die Türe verschlossen findet.

Nicht umsonst heißt man Kleiber. Und darum fliegt man nach dem lehmigen Borde des Grabens und hackt da herum und schleppt ein Lehmklümpchen nach dem anderen zu dem Spechtloche in der Eiche. Eins nach dem anderen wird in das Flugloch geklebt und hübsch festgepresst und glattgestrichen, und immer mehr Lehmklümpchen werden geholt und auf die anderen geklebt. Wenn es auch erst unmöglich erschien, das Werk, der Tag hat viele Stunden und die Stunde noch mehr Minuten, und wenn zwei gelernte Töpfer an der Arbeit sind, dann geht es schneller, als man denkt, und die Sonne hilft dabei, und zur rechten Zeit ist alles fertig und das große Spechtloch zu einem winzigen Löchelchen zugeklebt. Der Star kommt auch, aber zu spät. Er steckt den Kopf hinein, zieht ihn zurück, kreischt ärgerlich, flattert um die Eiche, krallt sich an das Flugloch, sieht einmal hinein und noch ein Dutzend Mal, fliegt weg, kommt wieder, besieht sich seine alte Wohnung noch einmal und macht, dass er fortkommt. Die Kleiber aber schleppen trockene Blätter heran und richten sich häuslich ein.

In aller Seelenruhe brütet das Weibchen ihre acht weißen, hübsch rot getüpfelten Eier aus. Vor dem Marder und der Eichkatze braucht sie keine Angst zu haben; der Lehmring hält fest und widersteht den schärfsten Krallen. Nach zwei Wochen aber gibt es Arbeit. Acht Schnäbelchen sind zu füllen, und inzwischen ist immer noch das Nest rein zu machen. Alle Augenblicke liegt ein dickes weißes Klümpchen darin, und das muss vorsichtig, damit die Schleimhülle nicht reißt, angefasst, herausgebracht und fortgetragen werden. Und selbst muss man auch tüchtig fressen, damit man bei Kräften bleibt, und so ist nicht viel Zeit übrig für das Flöten und Pfeifen. Aber dafür gibt es im grünen Maienwalde auch Futter in Fülle, fette Käfer und zarte Raupen, saftige Spinnen und leckere Maden und die süße Schlagsahne, die die Menschen im Wirtshause in den Schälchen stehen lassen. Es lässt sich schon leben, besser als im mageren Vorfrühling.

So ein dicker Maikäfer, das ist ein Vergnügen. Erst das eine Bein abgemeißelt, dann das zweite und so eins nach dem anderen. Dann müssen die Flügeldecken herunter und darauf die Flügel. Wie schnell die Kinder das lernen. Und wie hübsch sie gleich klettern können, viel eher als fliegen. Damit hapert es zuerst noch, und so krabbeln sie so lange um das Nistloch herum, bis eins nach dem anderen die Fittiche prüft und findet, dass darauf auch Verlass ist. Dann beginnt erst das schöne heimliche Leben in den dichtbelaubten Eichenkronen, wo es von Wicklerräupchen und Käfern und Wanzen und Fliegen und Schnaken und sonstigem Getier wimmelt, das lustig zu fangen und gut zu essen ist. Und das Hauptvergnügen ist, eine dicke Hornisse zu fangen und mit schnellen Schnabelhieben zu betäuben, dass die nicht dazu kommt, ihren giftigen Dolch zu gebrauchen. Noch mehr Spaß macht es freilich, einen Heldenbock am Fühlhorn aus dem Loche zu ziehen. Wenn er auch noch so hampelt und strampelt und fiedelt, es hilft ihm nichts, er wird totgehackt und verspeist.

Die Baumschwämme, die mit Käferlarven gespickt sind, werden von oben und unten bearbeitet. Jeder faule Ast, in dem Schnakenmaden wühlen, wird zerfasert. Kaum dass ein glänzender Prachtkäfer den grünen Kopf aus der Borke steckt, hat ihn der spitze Schnabel schon beim Wickel, und der Borkenkäfer, der gerade beginnen will, für seine Eier ein Löchlein in die Rinde zu bohren, kommt nicht damit zu Ende, denn piepsend kommt die Spechtmeise angeklettert und zieht ihn aus der Rinde, um dann die vollgesaugte Stechmücke zu verschlingen und hintendrein eine Raupe wegzunehmen, die sich an seidenem Faden zu Boden lassen will, um sich im Moose zu verpuppen. Auch im Laube und Gekraut wird umhergesucht, denn da wimmelt und krimmelt allerlei, was wohlschmeckend und nährend ist.

So leidet die Familie keine Not, und wenn der Herbst in das Land kommt, erst recht nicht. Denn nun reifen die Bucheckern in ihren rauen Hüllen. Anfangs muss man sie herausklauben, bald aber fallen sie von selbst aus, und nun hüpft der Kleiber im rasselnden Laube umher und sorgt für den Winter. Alle Ritzen steckt er voll, und in jeden Spalt klemmt er die dreikantigen Früchte, und mit den Haselnüssen und Eicheln macht er es ebenso. So kann er getrost in die Zukunft sehen, und selbst wenn der Raureif den Baum verkrustet, findet er immer noch Futter genug, denn genug Schmetterlingspuppen sitzen unter dem Moose und hinter den Flechten und im faulen Holze versteckt mancherlei Gewürm.

Außerdem hängt der Mensch hier und da in den Gärten und Anlagen Knochen auf, an denen noch manches Fleischfetzchen sitzt, und Speckschwarten, an den Futterplätzen gibt es Hanf, Mohn, Rübsen und Sonnenblumenkerne, verdorrte Vogelbeeren liegen überall im Walde, in den Zapfen der Tannen und Kiefern stecken Samen in Menge, und so lässt es sich schon den Winter über aushalten, bis die schönen Tage wiederkommen, da auf dem Acker der Huflattich wieder blüht und im Walde der Haselbusch und der Kleiber wieder vom höchsten Eichenaste seinen Frühlingspfiff erschallen lässt.

Rainer Maria Rilke

Der Schwan

Diese Mühsal, durch noch Ungetanes
schwer und wie gebunden hinzugehn,
gleicht dem ungeschaffnen Gang des Schwanes.

Und das Sterben, dieses Nichtmehrfassen
jenes Grunds, auf dem wir täglich stehn,
seinem ängstlichen Sich-Niederlassen –:

in die Wasser, die ihn sanft empfangen
und die sich, wie glücklich und vergangen,
unter ihm zurückziehn, Flut um Flut;
während er unendlich still und sicher
immer mündiger und königlicher
und gelassener zu ziehn geruht.

Rainer Maria Rilke

Die Flamingos

Jardin des Plantes, Paris

In Spiegelbildern wie von Fragonard
ist doch von ihrem Weiß und ihrer Röte
nicht mehr gegeben, als dir einer böte,
wenn er von seiner Freundin sagt: sie war

noch sanft von Schlaf. Denn steigen sie ins Grüne
und stehn, auf rosa Stielen leicht gedreht,
beisammen, blühend, wie in einem Beet,
verführen sie verführender als Phryne

sich selber; bis sie ihres Auges Bleiche
hinhalsend bergen in der eignen Weiche,
in welcher Schwarz und Fruchtrot sich versteckt.

Auf einmal kreischt ein Neid durch die Volière;
sie aber haben sich erstaunt gestreckt
und schreiten einzeln ins Imaginäre.

Julius Otto Bierbaum

Die Eulen schrein

Die Eulen schrein. Es schmerzt wie Geierbiss
Ratloser Reue dieser hohle Ton
Der nächtgen Vögel dumpf und heiß im Hirn.
Die leere Nacht stöhnt: stumm doch atemschwer.
Mir ist, als atmete ihr Schlund den Rest
Von Glück ein, den ein leerer Tag mir ließ.

Stefan George

Vogelschau

Weisse schwalben sah ich fliegen ·
Schwalben schnee- und silberweiss ·
Sah sie sich im winde wiegen ·
In dem winde hell und heiss.

Bunte häher sah ich hüpfen ·
Papagei und kolibri
Durch die wunder-bäume schlüpfen
In dem wald der Tusferi.

Grosse raben sah ich flattern ·
Dohlen schwarz und dunkelgrau
Nah am grunde über nattern
Im verzauberten gehau.

Schwalben seh ich wieder fliegen ·
Schnee- und silberweisse schar ·
Wie sie sich im winde wiegen
In dem winde kalt und klar!

Georg Trakl

Die Raben

Über den schwarzen Winkel hasten
Am Mittag die Raben mit hartem Schrei.
Ihr Schatten streift an der Hirschkuh vorbei
Und manchmal sieht man sie mürrisch rasten.

O wie sie die braune Stille stören,
In der ein Acker sich verzückt,
Wie ein Weib, das schwere Ahnung berückt,
Und manchmal kann man sie keifen hören

Um ein Aas, das sie irgendwo wittern,
Und plötzlich richten nach Nord sie den Flug
Und schwinden wie ein Leichenzug
In Lüften, die von Wollust zittern.

Gustav Sack

Die Drossel

Wie sich das Pack zusammenballt!
Indes die Trambahn schrillt und gellt,
die Musik lärmt, die Peitsche knallt,
und wie ein Hund das Auto bellt,

hört keiner sie, die unentwegt
von einem Dach ihr Flötenlied
volltönend in die Lüfte trägt. –
Wie sich das schwitzend, brüllend müht,

wie sich das stier und stumpf vermischt,
das strömt wie ein verschmutzter Bach,
Abwasserhub und Gassengischt,
indes von jenem Giebeldach

hoch über Kehricht, Staub und Wust
des kleinen Glücks Melancholie
harmlos und selig unbewusst
ausströmt aus diesem kleinen Vieh,

das heiß und frech und elegant
sein schwarzes Konterfei poussiert –
wie ich dich hasse, feiner Fant,
der nichts verlor, der nichts verliert,

der nur ein Ding ist, das man spielt,
das nur der Frühling musiziert,
das sich nicht kennt, das sich nicht fühlt,
das nichts verlor und nichts verliert.

Gertrud Kolmar

Der Geier

Du hältst die Flügel gebreitet
Über ein Lehen von Licht.
Die Zeit, die kränkend schreitet,
Welkt deine Blume nicht:
Blume, fleischroter Lappen,
Flockfeder, schwarz oder rein;
Hakige Fänge schnappen
Den runden Erdklumpen ein.

Du zwingst mit ihrem Griffe
Die Welten, neu und alt,
Südsee-Korallenriffe
Und den brasilianischen Wald.
Du stürzest in ihrem Griffe
Die Welten, neu und alt,
Eismeers krachende Schiffe
Und die Höhle von Basalt.

Deine Schwingspitzen rosten
Am himmlischen Erzdach fest;

Die eine haftet im Osten,
Die andere zeigt nach West.
Dein kahler Schrei springt in Stürme;
Der einsam Erkennende siecht,
Wenn Wintermond, totes Gewürme,
Dem Schnabel maisgelb entkriecht.

Wie meutrisch Vulkane flammen,
Kalt funkelnde Gletscher zertaun,
Du krallst den Brocken zusammen,
Drin Ameisenstädte sich baun,
Und senkt sich loderndste Mähne
Im Schauen deines Gesichts,
Es fällt keine einzige Träne
Dir fern in unendliches Nichts.

Klabund

Ich sah den goldnen Sperber

Ich sah
Den goldnen Sperber
Aus der Sonne geschleudert
Wie Honig aus Waben.
Kleine Sonne,

Kreiste er über den Iristeichen.
Die Wellen
Tropften von seinem Glanze.
Er hielt im Schnabel
Die tönende Triangel des Frühlings.

Franz Kafka

Der Geier

Es war ein Geier, der hackte in meine Füße. Stiefel und Strümpfe hatte er schon aufgerissen, nun hackte er schon in die Füße selbst. Immer schlug er zu, flog dann unruhig mehrmals um mich und setzte dann die Arbeit fort. Es kam ein Herr vorüber, sah ein Weilchen zu und fragte dann, warum ich den Geier dulde. »Ich bin ja wehrlos«, sagte ich, »er kam und fing zu hacken an, da wollte ich ihn natürlich wegtreiben, versuchte ihn sogar zu würgen, aber ein solches Tier hat große Kräfte, auch wollte er mir schon ins Gesicht springen, da opferte ich lieber die Füße. Nun sind sie schon fast zerrissen.« »Dass Sie sich so quälen lassen«, sagte der Herr, »ein Schuss und der Geier ist erledigt.« »Ist das so?«, fragte ich, »und wollen Sie das besorgen?« »Gern«, sagte der Herr, »ich muss nur nach Hause gehn und mein Gewehr holen. Können Sie noch eine halbe Stunde warten?« »Das weiß ich nicht«, sagte ich und stand eine Weile starr vor Schmerz, dann sagte ich: »Bitte, versuchen Sie es für jeden Fall.« »Gut«, sagte der Herr, »ich werde mich beeilen.« Der Geier hatte während des Gespräches ruhig zugehört und die Blicke zwischen mir und dem Herrn wandern lassen. Jetzt sah ich, dass er alles verstanden hatte, er flog auf, weit beugte er sich zurück, um genug Schwung zu bekommen, und stieß dann wie ein Speerwerfer den Schnabel durch meinen Mund tief in mich. Zurückfallend fühlte ich befreit, wie er in meinem alle Tiefen füllenden, alle Ufer überfließenden Blut unrettbar ertrank.

Peter Altenberg

Die Glückliche

Die hellbraune wunderschöne Ente auf dem Schönbrunner Teiche ist die Glückliche unter allen, allen. Umgeben ist sie von den Unglückseligen, den Geiern und Adlern, die in Käfigen sich nach den weiten Lüften sehnen. Der Condor trauert, der Königsadler trauert, der Mönchsgeier trauert. Der Uhu trauert und der Wanderfalke. Die Auerhenne trauert um ihr mysteriöses Versteck und um den Lockruf des Auerhahns im dämmerigen Bergwald. Die schwarzen Schwäne entbehren australische Seen und die Pelikane die endlosen Schilfufer. Alle, alle um die hellbraune Ente herum trauern und entbehren. Nur sie lebt wie in Freiheit – bloß geschützter, vor Fuchs und Frettchen und vor Futtermangel. Nur eines fehlt ihr – – – sie weiß nichts von ihrer bevorzugten Stellung. Sie hält es leider für selbstverständlich.

Manfred Kyber

Der grosse Augenblick

In seinem Käfig saß ein kleiner Vogel und sah mit sehnsüchtigen Augen in den Sonnenschein. Es war ein Singvogel, und es war in einem Kulturstaat – jedenfalls in einem solchen, der sich so nannte.

In blauer Ferne standen blaue Berge.

Hinter den Bergen liegt der Süden, dachte der kleine Vogel. Ich bin nur einmal den Weg dahin geflogen. Dann nicht wieder.

Die fernen Berge erschienen ihm ganz nah. Die Sehnsucht rückte sie so nah vor die Gitterstäbe.

»Sie sind so sehr nah«, sagte der kleine Vogel. »Wenn nur die Gitterstäbe nicht wären! Wenn die Tür sich nur einmal öffnete – ein einziges Mal! Dann käme der große Augenblick, und ich wäre mit ein paar Flügelschlägen hinter den blauen Bergen.«

Die Kraniche zogen. Durch die Herbstluft klang ihr klagender Schrei – klagend und lockend. Es war der Ruf nach dem Süden.

Sie verschwanden hinter den blauen Bergen.

Der kleine Vogel rannte gegen die Gitterstäbe.

Der Winter kam, und der kleine Vogel wurde still. Der Schnee fiel, und die blauen Berge waren grau geworden. Der Weg nach dem Süden lag in Kälte und Nebel.

Es kamen viele Winter und viele Sommer. Es kamen viele Jahre. Die Berge wurden blau und wurden wieder grau. Die Zugvögel kamen vom Süden und zogen nach Süden. Der kleine Vogel hinter dem Gitter wartete auf den großen Augenblick.

Dann kam ein klarer sonniger Herbsttag. Da war die Tür des Käfigs geöffnet. Man hatte sie im Versehen offen gelassen. Mit Willen tun es die Menschen nicht.

Der große Augenblick war da! Der kleine Vogel zitterte vor Freude und Erregung. Vorsichtig und scheu huschte er hinaus und flatterte auf den nächsten Baum. Alles um ihn herum verwirrte ihn. Er war es nicht mehr gewohnt. In blauer Ferne standen blaue Berge.

Aber sie schienen jetzt sehr fern zu sein. Viel zu fern für die Flügel, die sich jahrelang nicht mehr geregt hatten hinter den Gitterstäben. Doch es musste sein! Der große Augenblick war da!

Der kleine Vogel nahm all seinen Mut und seine Kraft zusammen und breitete die Flügel weit, weit aus – zum Flug nach dem Süden, hinter die blauen Berge. Aber er kam nicht weiter als bis zum nächsten Ast. Waren die Flügel verkümmert in den langen Jahren, oder war es etwas anderes, das in ihm verkümmert war? Er wusste es selbst nicht. Die blauen Berge waren fern, viel, viel zu fern für ihn. Da flatterte er still in den Käfig zurück. Die Kraniche zogen. Durch die Herbstluft klang ihr klagender Schrei – klagend und lockend. Es war der Ruf nach dem Süden. Sie verschwanden hinter den blauen Bergen.

Da senkte der kleine Vogel den Kopf und barg ihn unter dem Flügel.

Der große Augenblick war vorüber.

Felix Salten

Bambi. Eine Lebensgeschichte aus dem Walde

Die Vögel erwachen

Es war unter einem wolkenlosen Himmel ein Morgen voll Tau und Frische. Alle Blätter an den Bäumen und Sträuchern begannen plötzlich stärker zu duften. Die Wiese atmete Duft in breiten Wellen zu den Baumwipfeln empor.

Piep, sagten die Meisen, als sie erwachten. Sie sagten es ganz leise. Aber weil es noch grau und dämmerig war, sagten sie einstweilen nichts mehr. Es blieb eine Zeit lang ganz still. Dann klang ein rauer, rissiger Krähenruf durch die Luft, von hoch oben. Die Krähen waren erwacht und besuchten einander in den Wipfeln. Sogleich antwortete die Elster: »Schakerakschak … glauben Sie etwa, ich schlafe noch?« Nun fing es in kleinen hundertfältigen Rufen, da und dort, fern und nah, ganz leise an: Piep! Piep! Tiu! Noch war in diesen Lauten Schlaf und Dämmerung. Und noch waren sie eigentlich vereinzelt.

Plötzlich flog eine Amsel auf den Wipfel einer Tanne. Ganz hinauf flog sie zur äußersten Spitze, die dünn in die Luft stach, saß hoch oben und sah weit über alle Bäume weg, wie der nachtmüde, fahlgraue Himmel fern im Osten erglühte und lebendig wurde. Da fing sie an zu singen. Sie war nur ein winziges dunkles Fleckchen, wenn man sie von unten aus erblickte. Ihr kleiner schwarzer Körper glich von Weitem nur einem welken Blatt. Aber ihr Lied zog wie ein großer Jubel über den Wald hin. Und jetzt wurde alles rege. Die Finken schlugen, die Rotkehlchen und der Stieglitz ließen sich hören. Mit breitem Klatschen und Knattern der Flügel strichen die Tauben von einem Platz zum andern. Die Fasanen schrien auf, und das klang, als berste ihnen die Kehle. Weich und kräftig war das Geräusch ihrer Fittiche, nun sie sich von den Schlafbäumen zur Erde niederschwangen. Noch viele Male stießen sie am Boden ihren metallisch berstenden Schrei aus und gurrten leise nach. Hoch in den Lüften riefen die Falken scharf und freudig jajaja!

Die Sonne war aufgegangen.

Diu-diju!, jauchzte der Pirol. Er flog zwischen den Zweigen hin und her, und sein gelber, runder Leib glänzte im Morgenstrahl wie eine beschwingte Kugel aus Gold.

Am Ufer

Bambi war allein. Er ging an das Wasser, das still zwischen Schilf und Uferweiden hinfloss.

Oft und öfter kam er nun hierher, seit er sich allein hielt. Hier gab es wenig Straßen, und hier traf er fast niemals jemanden von den Seinigen. Gerade das aber wollte er. Denn ihm war nun der Sinn ernst geworden und das Gemüt schwer. Was in ihm vorging, wusste er nicht, dachte auch gar nicht darüber nach. Er grübelte nur planlos verworren vor sich hin, und ihm war, als sei das ganze Leben dunkler geworden.

Am Ufer pflegte er lange zu stehen. Der Wasserlauf, der hier in sanfter Krümmung vorbeifloss, bot einen weiten Blick. Der kühle Atem der Wellen brachte erfrischend bittere, ungewohnte Gerüche mit herauf, deren Witterung Sorglosigkeit und Zutrauen weckte. Bambi stand da und sah den Enten zu, die hier gesellig beisammen waren. Sie redeten unablässig miteinander, freundlich, ernst und klug. Es waren ein paar Mütter, und jede hatte eine ganze Kinderschar um sich her, die beständig unterrichtet wurde und unermüdlich lernte. Manchmal gab die eine oder die andere von den Müttern ein Warnungszeichen. Dann stoben die jungen Enten nach allen Seiten davon; ohne Zögern, wie ausgestreut, glitten sie auseinander, vollkommen lautlos. Bambi sah einen Augenblick, wie die Kleinen, die noch nicht fliegen konnten, im dichten Schilf dahinzogen, behutsam, ohne ein Rohr zu streifen, damit es nicht verräterisch ins Schwanken gerate. Da und dort sah er in den Binsen die dunklen, kleinen Körper langsam verhuschen. Dann sah er gar nichts mehr. Ein kurzer Ruf der Mutter, und im Nu wirbelten sie alle wieder herbei. Im Nu war ihr Geschwader wieder versammelt, und sie begannen, wie vorher, bedächtig zu kreuzen. Bambi bewunderte das immer von Neuem. Es war wie ein Kunststück.

Nach einem solchen Alarm fragte er einmal eine von den Müttern: »Was hat's denn vorhin gegeben? Ich habe genau aufgepasst, aber nichts bemerkt.«

»Es war auch nichts«, antwortete die Ente.

Ein anderes Mal hatte von den Kindern eines das Warnungszeichen gegeben, hatte blitzschnell gewendet, steuerte durchs Rohr gerade zu der Uferstelle, wo Bambi stand, und kam herauf.

Bambi fragte das Kleine: »Was war denn jetzt? Ich habe nichts bemerkt.«

»Es war auch nichts«, gab das Junge zur Antwort, schüttelte altklug die Steißfedern, legte die Spitzen der Schwingen sorglich darüber zurecht und ging wieder ins Wasser.

Trotzdem verließ sich Bambi auf die Enten. Er begriff, dass sie wachsamer waren als er, dass sie schärfer hörten und besser sahen. Wenn er hier stand, gab die stete Spannung, die ihn sonst erfüllte, ein wenig nach.

Er sprach auch gerne mit den Enten. Sie redeten nicht das Zeug, das er von den übrigen so oft schon gehört hatte. Sie erzählten von der weiten Luft, vom Winde und von fernen Feldern, auf denen man in köstlichen Leckerbissen schwelgte.

Manchmal sah Bambi etwas Kleines durch die Luft an sich

vorüberzucken, dicht am Ufer entlang, wie einen feuerfarbigen Blitz. »Srrr-ih!«, schrie der Eisvogel leise für sich und zuckte vorbei. Ein kleiner, schwirrender Punkt. Er glühte in Blau und Grün, funkelte rot, leuchtete auf und war weg. Bambi staunte begeistert, wünschte sich, den seltsamen Fremden aus der Nähe zu sehen, und rief ihn an.

»Geben Sie sich keine Mühe«, sagte das Rohrhuhn aus dem dichten Schilf zu ihm herauf. »Geben Sie sich nur keine Mühe, der antwortet Ihnen ja doch nicht.«

»Wo sind Sie?«, fragte Bambi und spähte im Schilf umher.

Aber an einer ganz andern Stelle lachte das Rohrhuhn hell auf. »Hier bin ich! Der mürrische Kerl, den Sie vorhin angesprochen haben, redet mit niemandem. Es ist ganz umsonst, ihn zu rufen.«

»Er ist so schön!«, sagte Bambi.

»Aber schlecht!«, gab das Rohrhuhn, wieder von einer andern Stelle her, zurück.

»Warum glauben Sie das?«, erkundigte sich Bambi.

Von einer ganz andern Seite her antwortete das Rohrhuhn: »Er kümmert sich um niemanden und um nichts. Da kann geschehen, was will. Er grüßt nie und hat noch nie für einen Gruß gedankt. Er gibt niemandem ein Zeichen, wenn Gefahr in der Nähe ist. Er hat noch nie mit irgendjemandem ein Wort gesprochen.«

»Der Arme …«, sagte Bambi.

Das Rohrhuhn fuhr fort, und seine munter piepende Stimme klang jetzt wieder von einer andern Seite her: »Er glaubt wahrscheinlich, dass man ihn um seine paar Farben beneidet, und will nicht einmal, dass man ihn genauer anschaut.«

»Sie lassen sich ja auch nicht blicken«, meinte Bambi.

Sofort stand das Rohrhuhn vor ihm. »An mir ist nichts zu sehen«, sagte es einfach. Schmal, glänzend vom Wasser, stand es da in einem schlichten Kleid, mit seiner zierlichen Gestalt, unruhig, beweglich, vergnügt. Und im Husch war es auch schon wieder weg.

»Ich verstehe nicht, wie man so lange auf einem Fleck bleiben kann«, rief es aus dem Wasser. Und wieder von einer andern Seite her fügte es hinzu: »Das ist langweilig und gefährlich, so lange auf einem Flecke zu bleiben.« Abermals von einer andern Seite her jauchzte es ein paarmal hell auf. »Man muss sich bewegen!«, rief es fröhlich herüber. »Wenn man sicher leben und satt werden will, dann muss man sich bewegen!«

Ein leises Knistern der Grashalme ließ Bambi aufschrecken. Er sah sich um. Dort, an der Böschung schimmerte es rötlich und verschwand im Schilf. Zugleich kam eine warme, scharfe Witterung in seinen Atem. Dort schlich der Fuchs. Bambi wollte rufen und warnend den Boden stampfen, da rauschte das jäh im Sprunge geteilte Röhricht, das Wasser platschte, und verzweifelt schrie eine Ente. Bambi hörte das Knattern ihrer Schwingen, sah ihren weißen Leib im Grünen aufschimmern und sah jetzt, wie ihre Flügel mit lautem Klatschen dem Fuchs die Wangen peitschten. Dann wurde es still.

Gleich darauf kam der Fuchs die Böschung herauf und hielt die Ente im Maul. Ihr Hals hing schlaff herab, ihre Schwingen bewegten sich noch ein wenig, der Fuchs beachtete es nicht. Er sah mit spöttisch stechenden Augen Bambi von der Seite an und zog langsam ins Dickicht.

Bambi stand bewegungslos.

Knatternd waren ein paar von den alten Enten aufgestiegen und flogen in fassungslosem Schreck davon. Das Rohrhuhn gellte Warnungsrufe nach allen Seiten. Die Meisen im Gebüsch zwitscherten erregt, die jungen Enten stoben im Schilf umher und klagten, verwaist, mit leisen Tönen.

Der Eisvogel zuckte am Ufer entlang.

»Bitte!«, riefen die jungen Enten, »bitte, haben Sie unsere Mutter gesehen?«

»Srrr-ih!«, schrillte der Eisvogel und zuckte funkelnd vorüber. »Was geht ihr mich an!«

Bambi wandte sich ab und ging.

Hugh Lofting

Doktor Dolittle und seine Tiere

Der Arzt Doktor Dolittle bekommt von Papagei Polynesia die Sprache der Tiere beigebracht

»Hör zu, Doktor«, sagte Polynesia, »ich will dir was erzählen. Weißt du nicht, dass Tiere sprechen können?«

»Ich wusste, dass Papageien sprechen können«, sagte der Doktor.

»Oh, wir Papageien sprechen zwei Sprachen – Menschensprache und Vogelsprache«, sagte Polynesia stolz. »Wenn ich sage: ›Polly möchte einen Zwieback haben‹, verstehst du mich. Aber hör einmal das an: Ke – ke – oi – i, fi – fi?«

»Du meine Güte!«, rief der Doktor aus. »Was bedeutet das?«

»Das heißt in der Vogelsprache: ›Ist die Grütze schon heiß?‹«

»Mein Gott, das ist doch nicht dein Ernst!«, rief der Doktor. »So hast du noch niemals zu mir gesprochen.«

»Was hätte es für einen Sinn gehabt«, sagte Polynesia und stäubte sich ein paar Zwiebackkrümel von ihrem linken Flügel. »Du hättest mich doch nicht verstehen können.«

»Erzähl mir mehr davon«, sagte der Doktor ganz aufgeregt, stürzte zur Küchenschrankschublade und kam mit dem

Fleischerbuch und einem Bleistift zurück. »Nun nicht zu schnell – ich will es aufschreiben. Das ist interessant – sehr interessant – etwas ganz Neues. Sag mir zuerst das Vogel-ABC – aber langsam, bitte.«

Auf diese Weise lernte der Doktor, dass die Vögel ihre eigene Sprache hatten und miteinander sprechen konnten. Und den ganzen Nachmittag, während es draußen regnete, saß Polynesia auf dem Küchentisch und sagte ihm Worte aus der Vogelsprache, damit er sie in sein Buch aufschriebe.

Als zur Teezeit Jip, der Hund hereinkam, sagte der Papagei zum Doktor: »Sieh, er spricht mit dir.«

»Sieht so aus, als wenn er sich hinter dem Ohr kratzt«, meinte der Doktor.

»Die Tiere sprechen nicht immer mit ihrem Mund«, sagte der Papagei mit spitzer Stimme und zog die Augenbrauen hoch. »Sie sprechen mit den Ohren, mit den Pfoten, mit den Schwänzen – mit allem. Manchmal wollen sie gar kein Geräusch machen. Siehst du jetzt, wie er die eine Seite seiner Nase hochzieht?«

»Was bedeutet das?«, fragte der Doktor.

»Das bedeutet: ›Kannst du nicht sehen, dass es zu regnen aufgehört hat?‹«, antwortete Polynesia. »Er fragt dich etwas. Hunde benutzen fast immer ihre Nase dazu, Fragen zu stellen.«

Nach und nach lernte der Doktor mit Hilfe des Papageis die Sprache der Tiere so gut, dass er selbst mit ihnen sprechen und alles verstehen konnte, was sie sagten.

(…)

Eines Nachmittags, als der Doktor damit beschäftigt war, in ein Buch zu schreiben, saß Polynesia am Fenster – wie sie es fast immer tat – und sah den Blättern zu, die im Garten herumflogen. Plötzlich lachte sie laut.

»Was hast du, Polynesia?«, fragte der Doktor und sah von seinem Buch auf.

»Ich habe nur nachgedacht«, sagte der Papagei und fuhr fort, den Blättern nachzublicken.

»Worüber hast du denn nachgedacht?«

»Ich habe über die Menschen nachgedacht«, sagte Polynesia. »Die Menschen machen mich ganz krank. Sie bilden sich ein, sie seien wundervoll. Die Welt geht nun schon Tausende von Jahren ihren Gang, nicht wahr? Und was die Menschen von der Tiersprache verstehen gelernt haben, ist allenfalls, dass ein Hund, der mit dem Schwanz wedelt, sagen will: ›Ich bin froh!‹ – das ist spaßig, nicht wahr? Du bist der allererste Mensch, der spricht wie wir. Manchmal kann ich mich über die Menschen schwach ärgern – wie sie großtun, wenn sie von den ›stummen Tieren‹ sprechen. Stumm! Ich habe einst einen Ara gekannt, der ›Guten Morgen‹ in sieben verschiedenen

Sprachen sagen konnte, ohne dabei seinen Mund zu öffnen. Er sprach jede Sprache – sogar Griechisch. Eines Tages kaufte ihn ein alter Professor mit einem grauen Bart. Aber er blieb nicht bei ihm. Er sagte, der alte Mann spräche Griechisch nicht richtig, und er konnte einfach nicht zuhören, wenn er die Sprache falsch lehrte. Ich habe oft daran gedacht, was wohl aus ihm geworden ist. Dieser Vogel wusste von Geografie mehr, als Menschen jemals wissen werden. Die Menschen, oh Gott! Nehmen wir einmal an, dass die Menschen je fliegen lernen – wie jeder gewöhnliche Heckenspatz –, dann werden sie niemals aufhören, sich damit zu brüsten.«

»Du bist ein weiser alter Vogel«, sagte der Doktor.

Heinrich Seidel

Der Zeisig

War einmal ein winz'ges Ding,
So ein kleines Zitscherling,
Saß vergnügt auf seinem Aste,
Sang sein Lied wie es ihm passte.
Sprach die Amsel aus dem Wipfel:
»Ei, du dummer kleiner Zipfel!
Wer nicht besser singen kann,
Der fang' lieber gar nicht an!«
Jener ließ sich nicht betören,
Sprach: »Es braucht nicht zuzuhören,
Wem mein Liedchen nicht gefällt …
Groß genug ist diese Welt!
Darum lass' mich doch in Frieden!
Mir hat Gott nicht mehr beschieden,
und ich singe früh und spät
So wie mir der Schnabel steht,
Weil ich lustig bin und heiter …
Wer's nicht hören mag, geh' weiter!«

Heinrich Seidel

Bei Goldhähnchens

Bei Goldhähnchens war ich jüngst zu Gast!
Sie wohnen im grünen Fichtenpalast
In einem Nestchen klein
Sehr niedlich und sehr fein.

Was hat es gegeben? Schmetterlingsei,
Mückensalat und Gnitzenbrei
Und Käferbraten famos –
Zwei Millimeter groß.

Dann sang uns Vater Goldhähnchen was,
So zierlich klang's wie gesponnenes Glas,
Dann wurden die Kinder besehn:
Sehr niedlich alle zehn!

Dann sagt' ich: »Adieu!« und: »danke sehr!«
Sie sprachen: »Bitte, wir hatten die Ehr',
Und hat uns mächtig gefreut!«
Es sind doch reizende Leut'!

Wilhelm Busch

Die Meise

Auguste, wie fast jede Nichte,
Weiß wenig von Naturgeschichte.
Zu bilden sie in diesem Fache
Ist für den Onkel Ehrensache.

Auguste, sprach er, glaub es mir,
Die Meise ist ein nettes Tier.
Gar zierlich ist ihr Leibesbau,
Auch ist sie schwarz, weiß, gelb und blau.
Hell flötet sie und klettert munter
Am Strauch kopfüber und kopfunter.
Das härt'ste Korn verschmäht sie nicht,
Sie hämmert, bis die Schale bricht.
Mohnköpfen bohrt sie mit Verstand
Ein Löchlein in den Unterrand,
Weil dann die Sämerei gelind
Von selbst in ihren Schnabel rinnt.
Nicht immer liebt man Fastenspeisen,
Der Grundsatz gilt auch für die Meisen.
Sie gucken scharf in alle Ritzen,

Wo fette Käferlarven sitzen,
Und fangen sonst noch Myriaden
Insekten, die dem Menschen schaden,
Und hieran siehst du außerdem,
Wie weise das Natursystem. –
So zeigt er, wie die Sache lag.

Es war kurz vor Martinitag.
Wer dann vernünftig ist und kann's
Sich leisten, kauft sich eine Gans.

Auch an des Onkels Außengiebel
Hing eine solche, die nicht übel,
Um, nackt im Freien aufgehangen,
Die rechte Reife zu erlangen.
Auf diesen Braten freute sich
Der Onkel sehr und namentlich,
Vor allem auf die braune Haut,
Obgleich er sie nur schwer verdaut.

Martini kam, doch kein Arom
Von Braten spürt der gute Ohm.
Stattdessen trat voll Ungestüm
Die Nichte ein und zeigte ihm

Die Gans, die kaum noch Gans zu nennen,
Ein Scheusal, nicht zum Wiederkennen,
Zernagt beinah bis auf die Knochen.
Kein Zweifel war, wer dies verbrochen,
Denn deutlich lehrt der Augenschein,
Es konnten nur die Meisen sein.
Also ade! du braune Kruste.

Ja, lieber Onkel, sprach Auguste,
Die gern, nach weiblicher Manier,
Bei einem Irrtum ihn ertappt:
Die Meise ist ein nettes Tier.
Da hast du wieder recht gehabt.

Wilhelm Busch

Es sitzt ein Vogel auf dem Leim

Es sitzt ein Vogel auf dem Leim,
Er flattert sehr und kann nicht heim.
Ein schwarzer Kater schleicht herzu,
Die Krallen scharf, die Augen gluh.
Am Baum hinauf und immer höher
Kommt er dem armen Vogel näher.

Der Vogel denkt: Weil das so ist
Und weil mich doch der Kater frisst,
So will ich keine Zeit verlieren,
Will noch ein wenig quinquilieren
Und lustig pfeifen wie zuvor.
Der Vogel, scheint mir, hat Humor.

Arno Holz

Lied eines Vogels

Vor meinem Fenster
singt ein Vogel.

Still hör ich zu; mein Herz vergeht.

Er singt,
was ich als Kind besaß
und dann – vergessen.

Hermann Lingg

Rotkehlchen

Schwalben waren schon lang
Fort und auf der Reise,
Nur ein Rotkehlchen sang
Lieblich und leise
Unter dem Dach
Eines Hauses, das, halb zerstört,
Allmählich zusammenbrach.
Es wurde von niemand gehört,
Und dennoch sang es. Das Moos
Wuchs auf der Schwelle,
Die Steine bröckelten los,
Des Abendlichtes Helle
Schlief in den Zimmern allein,
Die Stürme gingen aus und ein
In dem großen verödeten Gang,
Aber das Rotkehlchen sang.
Lust und Freude war entflohn,
Alles war aus,
Es wusste nichts davon;
Es sang im öden, verfallenden Haus
Mit einem eignen lieblichen Ton.

Fred Endrikat

Kakaduselei

Zweihundert Meilen hinter Buenos Aires
geschah etwas beinahe Ungeheures.
Auf einem Palmenwedel saßen beim Geschmuse
ein Kakadu und eine Kakaduse.
Sie plapperten und schwatzten ohne Rast und Ruh,
kurzum, es war ein buntes kakadu-
rcheinander. Bis dass das Weibchen plötzlich stutzte,
weil jener Kakadu die Kakaduse kakaduzte.
Sie rief empört: »Sie freches Federvieh!
Für Sie, Sir Kakadu, bin ich Miss Kaka-sie.
Sie scheinen wohl vom Tropenmond beschienen.
Ade, Sir Kakadu. Ich fliege jetzt von Kaka-ihnen!«
»Potz Kakadunnerwetter«, rief der also Abgeblitzte.
»Ist das ein Grund, dass ich dich jetzt nicht kakasiezte?
Du hast hier vor dir keinen Botokuden.
Vom Kakasie steht nichts im Meyer, Brockhaus, noch
im Kakaduden.
Bei uns im kultivierten Urwald ist es gleich,
ob Kaka-du-sie-ihrer-ihnen oder Kaka-euch.

Mit deinem Anstandsformenfimmel lasse mich in
Ruh.
Für mich bist du die Kakaduse –
und des Nachts Miss Kaka-you!«

Joachim Ringelnatz

Pinguine

Auch die Pinguine ratschen, tratschen,
Klatschen, patschen, watscheln, latschen,
Tuscheln, kuscheln, tauchen, fauchen
Herdenweise, grüppchenweise
Mit Gevattern,
Pladdern, schnattern
Laut und leise.
Schnabel-Babelbabel-Schnack,
Seriöses, Skandalöses, Hiebe, Stiche.

Oben: Chemisette mit Frack.
Unten: lange, enge, hinderliche
Röcke. – Edelleute, Bürger, Pack,
Alte Weiber, Professoren.

Riesenvolk, in Schnee und Eis geboren.
Sie begrüßen herdenweise
Ersten Menschen, der sich leise
Ihnen naht. Weil sie sehr neugierig sind.
Und der erstgesehene Mensch ist neu.

Und Erfahrungslosigkeit starrt wie ein kleinstes Kind
Gierig staunend aus, jedoch nicht scheu.

Riesenvolk, in Schnee und Eis geboren,
Lebend in verschwiegener Bucht
In noch menschenfernem Lande.
Arktis-Expedition. – Revolverschuss –:
Und das Riesenvolk, die ganze Bande
Ergreift die Flucht.

Joachim Ringelnatz

Am Sachsenplatz: Die Nachtigall

Es sang eine Nacht…
Eine Nachti…
Ja Nachtigall am Sachsenplatz
Heute Morgen. – Hast du in Berlin
Das je gehört? – Sie sang, so schien
Es mir, für mich, für Ringelnatz.

Und gab mir doch Verlegenheit,
Weil sie dasselbe Jauchzen sang,
Das allen Dichtern früherer Zeit
Durchs Herz in ihre Verse klang.
In schöne Verse!

Nachtigall,
Besuche bitte ab und zu
Den Sachsenplatz;
Dort wohne ich. – Ich weiß, dass du
Nicht Verse suchst von Ringelnatz.

Und hatten doch die Schwärmer recht,
Die dich besangen gut und schlecht.

Kurt Schwitters

Zwölf Stunden kleines Vogelleben

Es ist eins.
  Das Vöglein sagt »Piep,
  Hab Dich lieb, hab Dich lieb!«
Es wird zwei.
  Es weht ein kalter Wind.
  Da friert das Vogelkind.
Es wird auch drei.
  Das Jubilieren ist des Vögleins Zier,
  Vorausgesetzt, dass er nicht frier.
Es wird jetzt vier.
  Der böse Winter ging vorbei,
  Die Vogelmutter legt ein Ei.
Es wird jetzt fünf.
  Im Mai sind laue Nächte voll Gesang,
  Da wird den Vogeleltern ihre Zeit nicht lang.
Dann wird es sechs.
  Jetzt gibt es schöne Kirschen oder Mücken;
  Der frühe Sommer ist doch zum Entzücken.

Und nun wirds sieben.
  Wo ist der Mai geblieben;
  Doch kann man auch im Juli lieben.
Und dann wirds acht.
  Der hohe Sommer ist so warm,
  Das Vöglein hält die Frau im Arm.
Und wenn es neun ist:
  Im Herbste gibt es auch noch schöne Tage,
  Doch naht der Winter mit der Plage.
Jetzt wird es zehn.
  Wie wird so traurig jetzt der Wald!
  So ohne Blätter und so kalt!
Unwiderruflich wird es elf.
  Nur gut, dass es nicht jetzt schon zwölf geworden,
  Der kalte Winter wird das Vöglein morden.
Und zwölf Uhr uhren alle Uhren.
Die Vögel fallen tot, verwischt sind alle Spuren.

Christian Morgenstern

Die drei Spatzen

In einem leeren Haselstrauch,
da sitzen drei Spatzen, Bauch an Bauch.

Der Erich rechts und links der Franz
und mittendrin der freche Hans.

Sie haben die Augen zu, ganz zu,
und obendrüber, da schneit es, hu!

Sie rücken zusammen dicht an dicht,
so warm wie Hans hat's niemand nicht.

Sie hör'n alle drei ihrer Herzlein Gepoch.
Und wenn sie nicht weg sind, so sitzen sie noch.

Christian Morgenstern

Das Perlhuhn

Das Perlhuhn zählt: eins, zwei, drei, vier …
Was zählt es wohl, das gute Tier,
dort unter den dunklen Erlen?

Es zählt, von Wissensdrang gejückt,
(die es sowohl wie uns entzückt):
die Anzahl seiner Perlen.

Kurt Tucholsky

Der Pfau

Ich bin ein Pfau.
In meinen weißen Schwingen
fängt sich das Schleierlicht der Sonne ein.
Und alle Frauen, die vorübergingen,
liebkosten mit dem Blick den Silberschein.

Ich weiß, dass ich sehr schön bin.
Meine Federn
auf meinem Kopf stell ich oft kapriziös …
Ich hab das weißeste von allen Pfauenrädern;
ich bin sehr teuer, selten und nervös.

Ich habe leider ziemlich große Krallen,
und wenn ich fliege, sieht es kläglich aus.
Doch, wer mich liebt, dem werde ich gefallen,
und alle Welt steht vor dem Vogelhaus.

Klug bin ich nicht. Klugheit ist nicht bei allen,
viel liegt nicht hinter meiner Vogelstirn.
Ich will gefallen – immer nur gefallen –
Ich bin ein schöner Pfau. Ich brauche kein Gehirn.

Nur singen darf ich nicht. Das ordinäre
Gekrächz ist nicht zu sehen – wie mein Bildnis zeigt.
Ich bin ein Pfau.
Und eine schöne Lehre:
Wer dumm und schön ist, setzt sich. Siegt. Und
schweigt.

Wolfgang Borchert

Die Krähen fliegen abends nach Hause

Sie hocken auf dem steinkalten Brückengeländer und am violettstinkenden Kanal entlang auf dem frostharten Metallgitter. Sie hocken auf ausgeleierten muldigen Kellertreppen. Am Straßenrand bei Stanniolpapier und Herbstlaub und auf den sündigen Bänken der Parks. Sie hocken an türlose Häuserwände gelehnt, hingeschrägt, und auf den fernwehvollen Mauern und Molen des Kais.

Sie hocken im Verlorenen, krähengesichtig, grauschwarz übertrauert und heisergekrächzt. Sie hocken und alle Verlassenheiten hängen an ihnen herunter wie lahmes loses zerzaustes Gefieder. Herzverlassenheiten, Mädchenverlassenheiten, Sternverlassenheiten.

Sie hocken im Gedämmer und Gediese der Häuserschatten, torwegsscheu, teerdunkel und pflastermüde. Sie hocken dünnsohlig und graubestaubt im Frühdunst des Weltnachmittags, verspätet, ins Einerlei verträumt. Sie hocken über dem Bodenlosen, abgrundverstrickt und schlafschwankend vor Hunger und Heimweh. Krähengesichtig (wie auch anders?) hocken sie, hocken, hocken und hocken. Wer? Die Krähen? Vielleicht auch die Krähen. Aber die Menschen vor allem, die Menschen.

Rotblond macht die Sonne um sechs Uhr das Großstadtgewölke aus Qualm und Gerauch. Und die Häuser werden samtblau und weichkantig im milden Vorabendgeleuchte.

Aber die Krähengesichtigen hocken weißhäutig und blassgefroren in ihren Ausweglosigkeiten, in ihren unentrinnbaren Menschlichkeiten, tief in die buntflickigen Jacken verkrochen.

Einer hockte noch von gestern her am Kai, roch sich voll Hafengeruch und kugelte zerbröckeltes Gemäuer ins Wasser. Seine Augenbrauen hingen mutlos aber mit unbegreiflichem Humor wie Sofafransen auf der Stirn. Und dann kam ein Junger dazu, die Arme ellbogentief in den Hosen, den Jackenkragen hochgeklappt um den mageren Hals. Der Ältere sah nicht auf, er sah neben sich die trostlosen Schnauzen von einem Paar Halbschuhen und vom Wasser hoch zitterte ein wellenverschaukeltes Zerrbild von einer traurigen Männergestalt ihn an. Da wusste er, dass Timm wieder da war.

Na, Timm, sagte er, da bist du ja wieder. Schon vorbei?

Timm sagte nichts. Er hockte sich neben den andern auf die Kaimauer und hielt die langen Hände um den Hals. Ihn fror.

Ihr Bett war wohl nicht breit genug, wie?, fing der andere sachte wieder an nach vielen Minuten.

Bett! Bett!, sagte Timm wütend, ich liebe sie doch.

Natürlich liebst du sie. Aber heute Abend hat sie dich wieder vor die Tür gestellt. War also nichts mit dem Nachtquartier.

Du bist sicher nicht sauber genug, Timm. So ein Nachtbesuch muss sauber sein. Mit Liebe allein geht das nicht immer. Na ja, du bist ja sowieso kein Bett mehr gewöhnt. Dann bleib man lieber hier. Oder liebst du sie noch, was?

Timm rieb seine langen Hände am Hals und rutschte tief in seinen Jackenkragen. Geld will sie, sagte er viel später, oder Seidenstrümpfe. Dann hätte ich bleiben können.

Oh, du liebst sie also noch, sagte der Alte, je, aber wenn man kein Geld hat!

Timm sagte nicht, dass er sie noch liebe, aber nach einer Weile meinte er etwas leiser: Ich hab ihr den Schal gegeben, den roten, weißt du. Ich hatte ja nichts anderes. Aber nach einer Stunde hatte sie plötzlich keine Zeit mehr.

Den roten Schal?, fragte der andere. Oh, er liebt sie, dachte er für sich, wie liebt er sie! Und er wiederholte noch einmal: Oha, deinen schönen roten Schal! Und jetzt bist du doch wieder hier und nachher wird es Nacht.

Ja, sagte Timm, Nacht wird es wieder. Und mir ist elend kalt am Hals, wo ich den Schal nicht mehr hab. Elend kalt, kann ich dir sagen.

Dann sahen sie beide vor sich aufs Wasser und ihre Beine hingen betrübt an der Kaimauer. Eine Barkasse schrie weißdampfend vorbei und die Wellen kamen dick und schwatzhaft hinterher. Dann war es wieder still, nur die Stadt brauste eintönig zwischen Himmel und Erde und krähengesichtig, blauschwarz übertrauert, hockten die beiden Männer im Nachmittag. Als nach einer Stunde ein Stück rotes Papier mit den Wellen vorüber schaukelte, ein lustiges rotes Papier auf den bleigrauen Wellen, da sagte Timm zu dem andern: Aber ich hatte ja nichts anderes. Nur den Schal.

Und der andere antwortete: Und der war so schön rot, du, weißt du noch, Timm? Junge, war der rot.

Ja, ja, brummte Timm verzagt, das war er. Und jetzt friert mich ganz elend am Hals, mein Lieber.

Wieso, dachte der andere, er liebt sie doch und war eine ganze Stunde bei ihr. Jetzt will er nicht mal dafür frieren. Dann sagte er gähnend: Und das Nachtquartier ist auch Essig.

Lilo heißt sie, sagte Timm, und sie trägt gerne seidene Strümpfe. Aber die hab ich ja nicht.

Lilo?, staunte der andere, schwindel doch nicht, sie heißt doch nicht Lilo, Mensch.

Natürlich heißt sie Lilo, antwortete Timm aufgebracht. Meinst du, ich kann keine kennen, die Lilo heißt? Ich liebe sie sogar, sag ich dir.

Timm rutschte wütend von seinem Freund ab und zog die Knie ans Kinn. Und seine langen Hände hielt er um den mageren Hals. Ein Gespinst von früher Dunkelheit legte sich über den Tag und die letzten Sonnenstrahlen standen wie ein Gitter verloren am Himmel. Einsam hockten die Männer über den Ungewissheiten der kommenden Nacht und die Stadt summte groß und voller Verführung. Die Stadt wollte Geld oder seidene Strümpfe. Und die Betten wollten sauberen Besuch in der Nacht.

Du, Timm, fing der andere an und verstummte wieder.

Was ist denn, fragte Timm.

Heißt sie wirklich Lilo, du?

Natürlich heißt sie Lilo, schrie Timm seinen Freund an, Lilo heißt sie, und wenn ich mal was hab, soll ich wiederkommen, hat sie gesagt, mein Lieber.

Du, Timm, brachte der Freund dann nach einer Weile zustande, wenn sie wirklich Lilo heißt, dann musstest du ihr den roten Schal auch geben. Wenn sie Lilo heißt, finde ich, dann darf sie auch den roten Schal haben. Auch wenn es mit dem Nachtquartier Essig ist. Nein, Timm, den Schal lass man, wenn sie wirklich Lilo heißt.

Die beiden Männer sahen über das dunstige Wasser weg der aufsteigenden Dämmerung entgegen, furchtlos, aber ohne Mut, abgefunden. Abgefunden mit Kaimauern und Torwegen, abgefunden mit Heimatlosigkeiten, mit dünnen Sohlen und leeren Taschen abgefunden. Ans Einerlei vertrödelt ohne Ausweg.

Überraschend am Horizont hochgeworfen, von irgendwo hergeweht, kamen Krähen angetaumelt, Gesang und das dunkle Gefieder voll Nachtahnung, torkelten sie wie Tintenkleckse über das keusche Seidenpapier des Abendhimmels, müdegelebt, heisergekrächzt, und dann unerwartet etwas weiter ab schon von der Dämmerung verschluckt.

Sie sahen den Krähen nach, Timm und der andere, krähengesichtig, blauschwarz übertrauert. Und das Wasser roch satt und gewaltig. Die Stadt, aus Würfeln wild aufgetürmt, fensteräugig, fing mit tausend Lampen an zu blinken. Den Krähen sahen sie nach, den Krähen, die lange verschluckt schon, sahen ihnen nach mit armen alten Gesichtern, und Timm, der Lilo liebte, Timm, der zwanzig Jahre war, der sagte: Die Krähen, du, die haben es gut.

Der andere sah vom Himmel weg mitten in Timms weites Gesicht, das blassgefroren im Halbdunkel schwamm. Und Timms dünne Lippen waren traurige Striche in dem weiten Gesicht, einsame Striche, zwanzigjährig, hungrig und dünn von vielen verfrühten Bitterkeiten.

Die Krähen, sagte Timms weites Gesicht leise, dieses Gesicht, das aus zwanzig helldunklen Jahren gemacht war, die Krähen sagte Timms Gesicht, die haben es gut. Die fliegen abends nach Hause. Einfach nach Hause.

Die beiden Männer hockten verloren in der Welt, angesichts der neuen Nacht klein und verzagt, aber furchtlos mit ihrer furchtbaren Schwärze vertraut. Die Stadt glimmte durch weiche warme Gardinen millionenäugig schläfrig auf die lärmleeren Nachtstraßen mit dem verlassenen Pflaster. Da hockten sie, hart ans Bodenlose hingelehnt wie müdmorsche Pfähle, und Timm, der Zwanzigjährige, hatte gesagt: Die Krähen haben es gut. Die Krähen fliegen abends nach Hause. Und der andere plapperte blöde vor sich hin: Die Krähen, Timm, Mensch, Timm, die Krähen.

Da hockten sie. Hingelümmelt vom lockenden lausigen Leben. Auf Kai und Kantstein gelümmelt. Auf Mole und muldiges Kellergetrepp. Auf Pier und Ponton. Zwischen Herbstlaub und Stanniolpapier vom Leben auf staubgraue Straßen gelümmelt. Krähen? Nein, Menschen! Hörst du? Menschen! Und einer davon hieß Timm und der hatte Lilo liebgehabt für einen roten Schal. Und nun, nun kann er sie nicht mehr vergessen. Und die Krähen, die Krähen krächzen nach Hause. Und ihr Gekrächz stand trostlos im Abend.

Aber dann stotterte eine Barkasse schaummäulig vorbei und ihr gesprühtes Rotlicht verkrümelte sich zitternd in der Hafendiesigkeit. Und das Gediese wurde rot für Sekunden. Rot wie mein Schal, dachte Timm. Unendlich weit ab vertuckerte die Barkasse. Und Timm sagte leise: Lilo. Immerzu: Lilo Lilo Lilo Lilo Lilo – – –

Bertolt Brecht

Die Vögel warten im Winter vor dem Fenster

1

Ich bin der Sperling.
Kinder, ich bin am Ende.
Und ich rief euch immer im vergangnen Jahr
Wenn der Rabe wieder im Salatbeet war.
Bitte um eine kleine Spende.
    Sperling, komm nach vorn.
    Sperling, hier ist dein Korn.
    Und besten Dank für die Arbeit!

2

Ich bin der Buntspecht.
Kinder, ich bin am Ende.
Und ich hämmere die ganze Sommerzeit
All das Ungeziefer schaffe ich beiseit.
Bitte um eine kleine Spende.
    Buntspecht, komm nach vurn.
    Buntspecht, hier ist dein Wurm.
    Und besten Dank für die Arbeit!

3

Ich bin die Amsel.
Kinder, ich bin am Ende.
Und ich war es, die den ganzen Sommer lang
Früh im Dämmergrau in Nachbars Garten sang.
Bitte um eine kleine Spende.
    Amsel, komm nach vorn.
    Amsel, hier ist dein Korn.
    Und besten Dank für die Arbeit!

Günter Grass

Im Ei

Wir leben im Ei.
Die Innenseite der Schale
haben wir mit unanständigen Zeichnungen
und den Vornamen unserer Feinde bekritzelt.
Wir werden gebrütet.

Wer uns auch brütet,
unseren Bleistift brütet er mit.
Ausgeschlüpft eines Tages,
werden wir uns sofort
ein Bildnis des Brütenden machen.

Wir nehmen an, daß wir gebrütet werden.
Wir stellen uns ein gutmütiges Geflügel vor
und schreiben Schulaufsätze
über Farbe und Rasse
der uns brütenden Henne.

Wann schlüpfen wir aus?
Unsere Propheten im Ei
streiten sich für mittelmäßige Bezahlung
über die Dauer der Brutzeit.
Sie nehmen einen Tag X an.

Aus Langeweile und echtem Bedürfnis
haben wir Brutkästen erfunden.
Wir sorgen uns sehr um unseren Nachwuchs im Ei.
Gerne würden wir jener, die über uns wacht,
unser Patent empfehlen.

Wir aber haben ein Dach überm Kopf.
Senile Küken,
Embryos mit Sprachkenntnissen
reden den ganzen Tag
und besprechen noch ihre Träume.

Und wenn wir nun nicht gebrütet werden?
Wenn diese Schale niemals ein Loch bekommt?
Wenn unser Horizont nur der Horizont
unserer Kritzeleien ist und auch bleiben wird?
Wir hoffen, daß wir gebrütet werden.

Wenn wir auch nur noch vom Brüten reden,
bleibt doch zu befürchten, daß jemand,
außerhalb unserer Schale, Hunger verspürt,
uns in die Pfanne haut und mit Salz bestreut. –
Was machen wir dann, ihr Brüder im Ei?

Johannes Bobrowski

Das Käuzchen

Im Sommer, abends, fliegt das Käuzchen die Straße entlang. Dann stehn wir auf und gehn ans Fenster. Wir sind hier doch in der Stadt, eine Fabrik ist in der Nähe, nicht weit die S-Bahn, aber drüben der Friedhof und dann der Schulhof, der abends still ist, und die Häuser haben kleine Gärten, in dieser Straße.

Über der Laterne, in dem Ahornbaum vor dem Haus bleibt es eine Weile sitzen, und ruft nicht mehr, aber wir können es sehn, es ist immer der gleiche Ast, auf dem es sitzt. Dann fliegt das Käuzchen weiter und schreit auch wieder im Flug. Und wir kommen uns vor, als seien wir jetzt aufgewacht. Als hätten wir den ganzen Tag, wo wir unterwegs waren, geredet, geschrieben, telefoniert haben, umhergefahren und -gelaufen sind, diesen ganzen Tag verschlafen. Und jetzt hören wir: die Grillen sind vor den Fenstern, wir unterscheiden Stimmlagen, Tempi, vielleicht Rhythmen. Wir sind aufgewacht, im Dunkeln.

Der Kater springt auf das Fensterbrett und redet uns an mit seiner hellen Jungensstimme. Wir sagen ihm: Geh zu den Kindern. Da geht er und legt sich auf Ulrikes Bett, ans Fußende.

Wir leben hier, jeden Tag, wir haben unsere Kinder, und unsere Arbeiten, jeden Tag, und das ist alles ernst, wir müssen uns ausruhen, weil wir ermüdet sind, aber wie sind wir denn hier – ein Vogel ruft, und wir meinen aufzuwachen. Du hast die litauischen Lieder vor, plötzlich, mitten am Tag, das Essen ist auf dem Feuer, nachher kommen die Kinder aus der Schule, und ich hier schreib etwas auf, im Büro, um mit dir zu reden. Oder besinge noch immer dunkel, wie Graß sagt, das Flüsschen Szeszupe. Sag doch, wie leben wir hier? Nimmt man das Vaterland an den Schuhsohlen mit?

Wir haben auch hier, hinter dem Bahndamm, den Wiedehopf gehört und Specht und Kuckuck, das ist es nicht. Und dann gibt es den Fluss hier. Aber wenn du träumst: wie reden da die Leute, wie sehen die Wege aus, aus welchem Haus kommst du, in welches gehst du hinein?

Die Traumhäuser sind aus Holz, aber nicht alle, und das ist es auch nicht. Und die Wege?

Ein eingefahrener Sandweg. Ohne Gräben. Wie breit ist er, kann man das sagen? Er geht über in die Wiese. Oder die Wiese hört auf. Oder geht über in einen Weg. Wie ist das genau? Es gibt keine Grenze. Der Weg ist nicht zu Ende. Und die Wiese fängt nicht an. Das ist nicht ausdrückbar. Und ist der Ort, wo wir leben.

Hilde Domin

Das Gefieder der Sprache

Das Gefieder der Sprache streicheln
Worte sind Vögel
mit ihnen
davonfliegen.

Register

Copyrightnachweis

Übersetzungen

Hans Christian Andersen: unbekannt.
Der Vogel Rock, aus Tausendundeiner Nacht: Gustav Weil.
Selma Lagerlöf: Mathilde Mann.
Oscar Wilde: Franz Blei.
Herman Melville: W. E. Süskind.
Paul Verlaine: Wolf von Kalckreuth.
Charles Baudelaire: Terese Robinson.
Hugh Lofting: E. L. Schiffer (Edith Jacobsohn).